クリスティー文庫
70

海浜の午後

アガサ・クリスティー

深町眞理子・麻田実訳

Agatha Christie

早 川 書 房

5484

RULE OF THREE
by
Agatha Christie

Translated by
Mariko Fukamachi and Minoru Asada
Published 2004 in Japan by
HAYAKAWA PUBLISHING, INC.
This book is published in Japan by
arrangement with
AGATHA CHRISTIE LIMITED,
A CHORION GROUP COMPANY
through TUTTLE-MORI AGENCY, INC., TOKYO.

目次

海浜の午後

海浜の午後
Afternoon at the Seaside

深町眞理子訳

舞台配置図

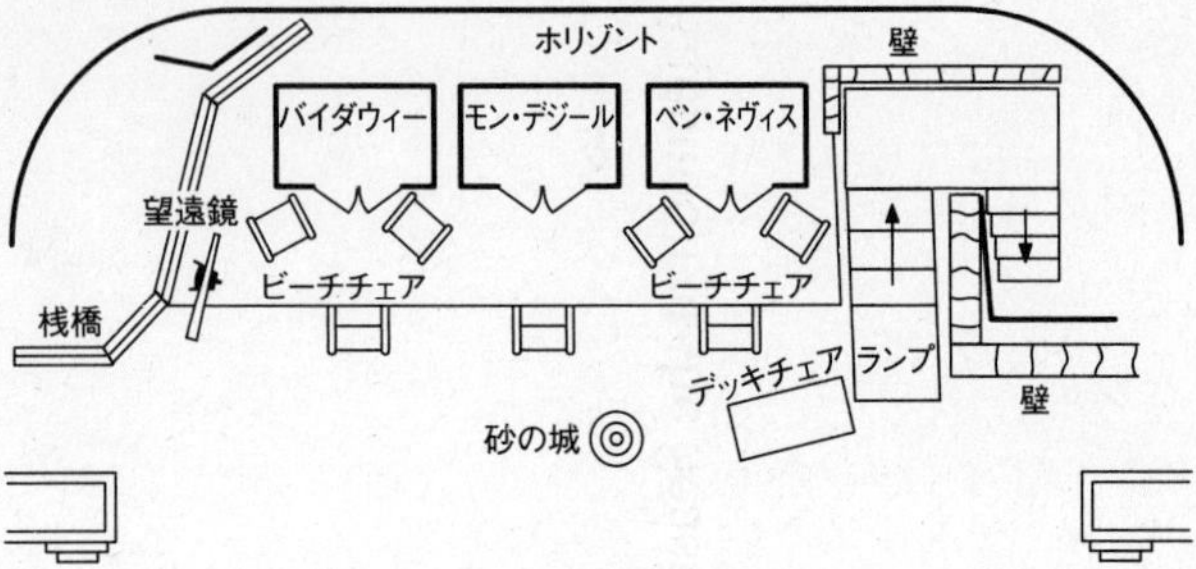

ホリゾント
壁
バイダウィー
モン・デジール
ベン・ネヴィス
望遠鏡
ビーチチェア
ビーチチェア
桟橋
デッキチェア
ランプ
壁
砂の城

登場人物（登場順）

ボブ・ウィーラー
ノーリーン・サマーズ
アーサー・サマーズ
ジョージ・クラム
クラム夫人
母親
青年
海浜管理員
ガナー夫人（マム）
パーシー・ガナー
〈美女〉
フォーリー警部

時　ある夏の午後：所　リトル＝スリッピング＝オン＝シーの浜辺

舞台――海岸。夏の午後。

舞台後方半分に壇をしつらえ、その上に客席にむけて三つの海水浴客用の貸し小屋。下手《しもて》から順に、〈バイダウィー〉、〈モン・デジール〉、〈ベン・ネヴィス〉という名札がかかっている。小屋の前はアスファルトの遊歩道で、舞台上手《かみて》の傾斜《ランプ》および三段の階段からあがってゆける。遊歩道の下手端に、入り江の眺望を楽しむための望遠鏡。舞台手前の壇の下、それぞれの小屋の前から短い階段を降りたところは、砂浜のていにこしらえ、バナナの皮、煙草の空き箱、大小さまざまなタオル、小蝦とりの網などを置く。中央程よきところに、つくりかけの砂の城がひとつ。その上手側にデッキチェア一脚。

幕があがるのと同時、またはその直前に、「ぼくは海辺へくるのが好き」と、やや調子っぱずれに歌っている声が聞こえる。

幕があがりきると、照明徐々に明るくなる。〈モン・デジール〉および〈ベン・ネヴィス〉のドアはしまっているが、〈バイダウィー〉のはあいていて、内部にひととおりの道具がそろっているのが見える。フックにかかったカップの類、衣類、折りたたみ椅子とテーブルなど――いわばきわめて家庭的な雰囲気。小屋の前に、背のまっすぐなカンバスチェアを二脚置き、クラム夫妻がかけている。ジョージ・クラムが下手、クラム夫人が上手。クラム氏は初老、肥満型の男で、一見恐妻家のてい。クラム夫人は五十二歳、口やかましく、なにかと難癖をつけたがるタイプ。夫人は編み物、ジョージは地方紙の夕刊早版を読むふりをしている。上手の砂浜、ほぼ〈ベン・ネヴィス〉の前あたりに、ノーリーン・サマーズとボブ・ウィーラー、ともに水着姿で砂の上に腹這いになっている。ノーリーンは三十をいくつか出た年ごろ、多少がさつだが相応の美人で、蓮っ葉とも見えるほど活発な女性。ボブ・ウィーラーはほぼ同年輩、とびきりのひょうきん者で、どこへ行っても一座の中心となるタイプ。ふたりの上手側のデッキチェアにはサマーズ氏、オーバーコートを着て襟巻きをし、太いステッキをそばに立てかけている。顔は灰色、疲れているようす。この三人のかたわらに、脱ぎ捨てた着衣の山――グレイフラノのズボン、コットンドレス、スリップなど。ノーリーンは大きな、みごとな砂の城を、いくつかのトリガイの殻で飾っている。上手舞台外で、幼児が声をかぎりに泣きわめいている。断続的に、犬の吠える声。

ボブ　（砂の城の上からバケツをとりのけながら）そうらできた。
ノーリーン　あら、お上手にできたこと。
ボブ　ぼくの夢の女性にささげるおとぎの城だ。
ノーリーン　そんなこと、アーサーに聞かれないようにしてよ。
ボブ　眠ってるよ、せんせい。
ノーリーン　そんならいいけど。
ボブ　ぼくの夢の女性よ、ぼくはきみを愛する。（チョコレートの箱から菓子をひとつとりだし、口に入れる）ほんとうだよ、まじめな話だ。
ノーリーン　あら、ひどいわ、それ、とっときの、中身のソフトなやつじゃない。（チョコレートの箱をボブの下手の砂の上へ投げだす）

ボブ　（それを拾って、下手の小さなごみ箱のほうへほうり投げながら）そら、そら、国土をきれいにいたしましょう、だよ。

ジェット機が頭上を通過する音。それにつづいて犬の吠える声。

ノーリーン　もう貝殻はない？

ボブ　（砂のなかから拾いあげながら）そら、これはどうだい？　きれいだろう。

下手より母親登場、上手へむかって舞台を横切る。

母親　アーニー！　アーニー！　おやめなさいと言ったら！　（ボブの下手側に立ち止まって、彼に）いえ、あなたじゃないんですよ。うちの息子に言ってるんです。そら、犬をかまうのはおやめなさい——嚙まれますよ！　（上手手前の舞台袖への出口に立つ）

ノーリーン　あんがと、あんがとね。

上手袖よりビーチボールがころがってくる。青年がそれを追いかけて出、砂浜のひとびとをまたぎ越えてゆくと、ボールを拾い、上手に退場。

青年　失礼。失礼。失礼。
母親　アーニー！
ボブ　海辺では、いっときたりと単調な時間ってのはないもんだね。ぼくはいつもそう言ってる。
母親　どうしてあんた、水遊びをしにいかないの？　バートをごらんなさい。浅瀬で水遊びをしてるでしょう？　どうしていっしょに遊ばないの？
子供　（舞台外で）水遊びなんかしたくないもん――うえーん！
母親　楽しませてあげようと思って、わざわざ海に連れてきたのに。それなのにあんたときたら、泣きわめいてばっかり。
子供　（舞台外で）だっていやなんだもん――うえーん！
母親　じゃあいいわ、せめておかあさんだけでも楽しませてもらいますからね。
子供　（舞台外で）うわーん！
母親　やれやれ、いいかげんにおし！　（ボブの向こう側を通って下手へ行く）

ボブ　困ったもんですね、子供ってのは。
母親　（くるりと向きなおり、ボブを睨みつける）なんですって⁉　（そっぽを向く）

母親、下手へ退場。

ノーリーン　わたしもはじめて海へ連れてってもらったときには、ずいぶん泣いたものだわ。海は濡れるからいやだし、砂は汚い、そう言ってね。なんだって最初のときは楽しくないものよ。
ボブ　まったくだ。それって、海以外のことにも通用しそうだな。ねえノリー？
ノーリーン　だめよ、ボブ、でれでれしないで！　アーサーが嫌がるわ。
ボブ　（いささかも反応を示さないサマーズ氏を見やりながら）アーサーが嫌がることなんてありえないよ。アーサーを嫌がらせることなんて、できないんだ、そうだろ、アーティー？

サマーズ氏はわずかに疲れたようにほほえんでみせる。

ノーリーン　（膝をつき、ビーチバッグから水泳キャップをとりだして）とにかくわたしはもう一度泳いでくるわ。いらっしゃいよ、ボブ。

ボブ　おっそろしく寒いぜ。

ノーリーン　なによ、弱虫！

ボブ　女は寒さを感じないいんだよ。（じろじろ彼女を見ながら）皮下脂肪が厚いからな。

ノーリーン　やめてったら。（立ちあがって）さあ、突堤まで競走よ。

（彼女の尻をぴしゃりとたたく）

ボブ　（立ちあがり、上手の傾斜《ランプ》へ向かいながら）よし。位置について。用意。（上手へ駆けだす）

ノーリーン　（あとを追いながら）あら、ずるいわ！

ボブとノーリーン、上手手前から退場。

サマーズ氏立ちあがり、新聞を置き、ステッキをとりあげると、ランプおよび階段をのぼって、上手奥にはいる。

クラム夫人　(不快そうに見送って)　ねえジョージ、リトル＝スリッピングもむかしとはすっかり変わっちゃいましたね。
ジョージ　リトル＝スリッピングが堕落《スリップ》しつつあるってわけか、え？
クラム夫人　近ごろはぜんぜんランクのちがうひとがくるんですから。来年はもう、こへくる気はありませんよ、あたしは。
ジョージ　しかし……
クラム夫人　たえずしゃべったり、わめいたり、ああいういかがわしい冗談を言いあったりして！　まるで傍若無人ですよ。
ジョージ　べつに聞き耳をたてていなくたっていいんだぜ、おまえ。
クラム夫人　なんとおっしゃいました？
ジョージ　べつに聞き耳をたててる必要はないと言ったのさ。
クラム夫人　(けわしく)　ばかおっしゃい、ジョージ。
ジョージ　いや、まあ、その、ね。
クラム夫人　おまけに、冗談を言いあってる相手ってのは、あのひとのご主人ですらないんですから。ご主人はもうひとりのほうなんですよ。
ジョージ　どうして知ってるんだね？

上手からビーチボールがまっすぐ壇の上をめがけてとんでくる。青年がそれを追ってくる。

クラム夫人　これですからね、まったく！

青年　すみません。（ボールを拾う）

青年、上手へ退場。

クラム夫人　自分の子供もしつけられない母親！　なんにもせずにのらくらして、やたらボールを蹴ってまわるしか能のない若いひとたち。静かにすわって楽しみたいと思っている人間への思いやりなんて、薬にしたくもありゃしないんだから。

ジョージ　まあ若いうちは二度とないんだ。

クラム夫人　おや、ずいぶんばかげたことをおっしゃいますこと――じっさいばかげていますよ。

ジョージ　そうかい、おまえ。

クラム夫人　あたしたちは、若いときでもあんなにお行儀が悪くはありませんでしたよ。（手をのばして、椅子のそばに置いた手さげ袋から、毛糸の玉をとりだす）それにあたしたちの両親の時代には、男と女はべつのビーチで海水浴をしたものです。
ジョージ　それじゃあんまりおもしろくなかったろうな。
クラム夫人　（すわりなおして）なんですって、あなた？
ジョージ　いや、なんでもない。なんでもないよ。ところで、ゆうべここでは押し込み事件があったらしいぞ。
クラム夫人　このリトル＝スリッピングで、ですか？
ジョージ　ああ。レイディー・ベックマンのところだ。
クラム夫人　というと――いつもミンクのコートを着て、豪勢なロールスを乗りまわしている、あのレイディー・ベックマンですか？　あのひと、ここにきてますの？
ジョージ　エスプラナード・ホテルにいる。
クラム夫人　で、なにが盗まれましたの？――ミンクのコートですか？
ジョージ　いや。エメラルドのネックレスだ。
クラム夫人　エメ……？　（すわりなおして）まあ！　（ふたたび編み棒を動かしはじめる）まあねえ、あのひとのことだから、エメラルドのネックレスだって、きっといくつも持ってるに決まってますけどね。たぶん、盗まれたのにも気がつかなかったんじゃないかしら！

サマーズ氏、上手のランプを降りて再度登場。自分のデッキチェアへ行き、腰をおろす。

ジョージ　二階から忍びこむのを専門にしている泥棒、そんなふうに警察では見ている。階下でダンスをやってる隙に、排水管をよじのぼって、バスルームの窓から忍びこんだらしい。

クラム夫人　ふん、いい気味だわ！

海浜管理員登場。制服を着てはいるが、しょぼしょぼした目に赤い鼻の、おそろしく高齢の老人。上手手前より登場して、サマーズ氏の向こう側へ行く。

海浜管理員　四ペンスいただきます。（帽子をとって、ひたいを拭い、また帽子をかぶる）

サマーズ氏は雑誌を読むのに夢中で気がつかない。

椅子代四ペンスいただきます。

サマーズ氏　ああ、これはすまん！　（フロリン白銅貨をとりだす）

管理員は切符に鋏を入れ、それをサマーズ氏に渡して、かわりにフロリン白銅貨を受け取る。

すばらしい午後だな——暖かくて。

管理員、鞄から釣り銭を出し、数えながらサマーズ氏の手にのせる。

海浜管理員　はい、これで六ペンス、一シリング、二シリングと。（陰気に）天気がよすぎるのも考えものでさ——面倒ばかりふえてね。駐車場をごらんなさいってんだ！　あのとおりの混雑で！　なかには何時間もいすわってる車もあるしね。

サマーズ氏　整理する人間はいないのかね？

海浜管理員　いますよ——ジョーのやつがね。しかし、とうていひとりでさばききれるもんじゃない。昼からこっち、ひっきりなしに車がはいってきて、それがみんな勝手なところに駐車するんだから。なつかしいねえ、この浜にほんの二十人かそこらの客が散らばってるだけだった時代が。客ったって、みんなここに住んでるひとたちですぜ——物静かで、行儀がよくって……（ふいに言葉を切ると、上手を見やり、大声で叫ぶ）おおい——坊や、だめだ、石なんか投げちゃ！　ひとさまにあたったらどうするんだ！（サマーズ氏にとも、だれにともなく）腕白どもが！　いつだってなにかわるさをしでかすんだから。（ふと舞台手前を見て、それから時計を見、呼ぶ子を吹き鳴らす）おおい、そこのひと——十二号のフロートのひとだ——もう三十分たったよ！　あがって！（言葉を切る）なに？　なんだって？

海浜管理員、笛を吹きながら下手へはいる。

クラム夫人　（両手で耳をおさえて）ああ、やかましい笛だこと。

上手よりビーチボールがころがってきて、ジョージに当たる。青年、さいぜんよりもさらに大きく息をはずませて、上手より駆けでる。

青年　すみません！　（ボールを拾って、上手袖へ投げかえす）

上手舞台外で、ガナー夫人――〝マム〟――の「痛い」と叫ぶ声。

あっ、すみません。

青年、上手へはいる。

青年の退場と入れちがいに、マム、体の砂を払い落としながら、上手より登場。独占欲の強い権柄《けんぺい》ずくの女。息子のパーシーがあとにしたがう。好男子だが、覇気のない、気の弱そうな青年。

マム　じっさい、近ごろの若いひとってのは、どうなっちゃってるのかしら！　（ランプをのぼり、〈ベン・ネヴィス〉の下手側へ行く）

　　　パーシー、あとを追ってきて、母の上手側へ。

じっさい、気が知れませんよ！　ごらん、砂だらけになっちゃって！　さあ早く、
パーシー、鍵をおあけ。（パーシーにキーを渡す）

　　　パーシー、小屋の戸をあけ、マムの椅子を持ちだして、小屋の下手側に置く。

クラム夫人　こんにちは、ミセス・ガナー。
マム　こんにちは、ミセス・クラム。こんにちは、ミスター・クラム。

　　　ジョージ、なおも新聞を読みながら、帽子だけを持ちあげる。

パーシー　（椅子を正面にむけて置きながら）ええと、マム。どっちの方向がいい？
マム　これで結構だよ。ありがとよ、おまえ。（すわる）

パーシー、自分も椅子を持ちだし、小屋の上手側に置く。

いや、やっぱりもうちょっとまわしてもらおうかね。（マム、立ちあがる）

パーシー、母親の椅子をやや上手側に向けなおす。マム、すわる。パーシーもすわる。

それと編み物をね。

パーシーは立ちあがり、小屋から編み物とタオルを一枚持ってきて、タオルを自分の椅子に置き、編み物をマムの上手側に置く。

ああ、それ。反対側にね。

パーシー、編み物をマムの下手側に移す。マムは上手側にバッグを置く。パーシーはキーを母親に返し、すわる。ひととおり落ち着くまでが一騒動。

（目を細めて）ほんとにこの子はやさしい子でねえ。

パーシー、当惑げにもじもじする。

なにも、しょっちゅうそばについていてくれと頼んでるわけじゃないんですけどね。「おまえだって、たまにはひとりで出かけて、楽しんでくるべきだよ」って、そう言ってるんですよ。わたしたち年寄りは、かげにひっこんで、邪魔にならないようにしなきゃ。それでも、ゆうべわたしがちょっと頭痛がするようだって言うと、もうこの子は、ひとりじゃ映画にも出かけようとしないんですから。

クラム夫人　それはよろしいですこと。ほんとにうらやましい。息子ってのはそうでなきゃね。

ジョージ　へえ、頭痛がしたんですって？

マム　（つんとして）もうおさまりましたよ。（編み物を仕分けしはじめる）

ジョージ　そうでしょうとも。そもそも頭痛なんかなかったにちがいないんだ、最初からね。

クラム夫人、ジョージを睨みつけ、ジョージは口をつぐむ。

若い男　（上手舞台外から）パ――シー。パ――シー。こいよ――さっきから待ってるんだぞ。

パーシー　（立ちあがって、壇の端まで行き）やあ！

マム　だれなの、おまえ？（手をひたいにかざして）見えないよ。

パーシー　イーディーとトムだよ。

マム　イーディ――というと、おまえをピクニックに誘いだしたがってた、あの赤毛の娘さんかえ？

パーシー　（ランプを降りながら）そうだよ――あの娘《こ》がイーディーさ。連中、ボートを持ってるんだよ。

パーシー、上手手前にはいる。

マム　パーシー、きょうはそのひとたちと出かけるひまはないと思うけどね。

パーシー、ふたたび登場、上手手前に立つ。

パーシー　お店がしまる前に、また毛糸を買いにいってもらいたくなるかもしれないからね。

パーシー　（上手手前に立ったまま）でも――いちおう約束しちゃったし……

マム　（わざとらしくあきらめきった調子で）むろんおまえが行きたければ、行くがいいさ。わたしはけっしておまえが楽しもうとするのを邪魔する気はないよ。わたしたちみたいな年寄りが、どれほど邪魔っけなものかはわかりすぎるほどよくわかってるからね。

パーシー　（マムに歩み寄りながら）ねえ、マム、後生だから……

マム　ひょっとしたら、わたしが自分でお店に行けるかもしれないし――もしあまり暑くなければ。ただちょっと、心臓がどきどきするってだけのことでね。

ジョージが大きな音を立てて鼻をかむ。

パーシー　毛糸ならばぼくが買ってきてあげるから。じつをいうと、ボートに乗りたいかどうかもよくわからないんだ。

マム　ほんとはおまえ、舟遊びなんて好きじゃないはずだよ、ちがうかい？　子供のときから、うまくボートが漕げたためしなんてないんだから。

パーシー　きょうはけっこう波が穏やかだけどね。みんなに断わってきたほうがいいな。

パーシー、悄然と上手手前より退場。

マム　（満足げに）ほんとは行きたくなんかなかったんだってこと、わかってるんですよ。パーシーはとにかくお人好しで――それなのに、ああいう女の子がしつこく誘うものだから、断わりきれなくなっちゃうんです。今度のあのイーディーとかいう娘だって――ぜんぜんパーシーには向かないタイプですよ。

クラム夫人　でも、パーシーはしあわせですわ、おかあさまがちゃんと目を光らせていてくれて。

マム　まあね。もちろん、ほんとにいい娘さんがあらわれたら、パーシーが親しくなるのを祝福しますけど。

ジョージ　そうですかな？

マム　（満足げに笑って）そうですとも。わたしはそれほど料簡の狭い母親とはちがいますから。息子が友達と出歩くのを嫌がる母親も世間にはいるらしいけど、わたしはおおいに祝福しますよ。パーシーがもっと友達とつきあってくれたらいいって、いつも思ってるんです。ところがあの子ときたら、ほんとに母親思いで、ひとりで出かけるように説得するのが、とても骨でしてねえ。「どんな女の子とよりも、かあさんといっしょにいるほうが楽しいよ」と、こうなんですから。おかしいでしょう、ねえ？

ジョージ　まったくですな。

クラム夫人　（ジョージを睨みつけ、マムにほほえみかけながら）まあねえ、男の子の最良の友は母親だとか、そんな古い格言がありますけど、あれはおおいに真実をうがってるってわけですわね。

〈モン・デジール〉から、美女あらわれる。文字どおりの生きたピンナップガール。大胆なビキニの水着に、濃い化粧。見るからにエキゾティックで、かすかな外国訛《なま》りがある。凝ったバッグを持ち、ヴァニティーケースをさげている。全体に〝ジュ・テーム、アイ・ラブ・ユー、イッヒ・リーベ・ディッヒ〟などという文字をプリントしたビーチウェアをはおるもよし。向きなおって、小屋のドアをしめる。

クラム夫人とマム、頭のてっぺんから足の先まで、じろじろと美女をながめまわす。

美女 （ちょっとのあいだ、周囲の視線には気づかぬようすで、だがどこかモデルを思わせるポーズでたたずんでいたあと）マダム、ムッシュー、こんにちは！（砂浜に降りて、中央にすわる）

クラム夫人とマム、顔を見あわせ、それから美女をながめる。

マム フランス人だわ!!

二人はせわしなく編み物を始める。ジョージはのりだして、目を丸くして見つめる。サマーズ氏も首をのばして、まじまじと見つめる。美女、バッグからシガレットケースを出し、ついでライターを出すが、火がつかない。ジョージとサマーズ氏が同時に立ちあがり、手を貸そうとする。ジョージ、自分のライターで美女の煙草に火をつけてやる。男たち、目を見かわす。

美女　（息をのむような嫣然《えんぜん》たる笑みをジョージに向け、かすかな外国訛りで）あら、ありがとう。とてもご親切に。

ジョージ　（しどろもどろに）いや、なに――どういたしまして――お安いご用で。

男たち、席にもどりかける。美女、自分のライターをとりおとす。サマーズ氏が拾いあげ、彼女に渡す。ジョージ、見まもる。

美女　（笑顔をサマーズ氏に向けかえながら）あらまあ、あたくし、ばかですね。どうもありがと、ございます。

サマーズ氏　お安いご用です――なんでもないことで……

ふたたび男たちは目を見かわし、それから各自の席にもどる。

クラム夫人　(冷ややかに)　ジョージ、今夜、ピア・パビリオンではなにをやってたかしら。

ジョージ　(なおも目をとびだしそうに見ひらいて、美女を見つめながら)　うん?

クラム夫人　ジョージ、ジョージ、聞こえなかったの?

ジョージ　え?　なに?

クラム夫人　パビリオンでね——なにを——やっているかと——そう訊《き》いたんですよ。

ジョージ　(あわてて新聞を見ながら)　ええと——そう——『わたしを誘惑した女』だ。

(美女を見、それから夫人を見、目をそらす)

ちょっとした間。それから、美女が立ちあがり、ビーチウェアを脱ぎ捨てて、それをビーチバッグとともに壇の上に置く。

ボールがころがってくる。美女、片手をあげてそれをよける。

青年登場。美女を見て、うろたえる。彼女は笑う。

青年　(美女の上手側へきて)　どうもすみません。ほんとに——申し訳ありません。

美女　いいえ、かまいませんです。痛くはなかったでしたから。

青年　いや、まったく——じっさい、これっぽっちもぶつけようなんて——ほんとにだいじょうぶですか？

美女　（ほほえみかえしながら）ええ、だいじょぶです、ほんとに。

女の声　（上手舞台外で）フレッド！

青年　ああ、いま行くよ！（美女にむかって弁解がましく）妹です。

女の声　フレッド！

青年　いま行くったら！

青年、ボールをかかえて、肩ごしに美女のほうをふりかえりふりかえりしながら上手へ行き、ランプにつまずきつつ去る。

美女、かがみこんで足もとの貝殻を拾いあげる。

クラム夫人　ジョージ！

ジョージ、ばつの悪そうな目を夫人に向け、新聞を読むようなふりをしながら、なおもそのかげからそっと美女を見まもる。
美女、下手へ歩み去る。

マム　あれ、ビキニとかいうんだそうですね。あんなものを許可すべきじゃありませんよ。カンタベリー大主教が、あれを禁止するお説教でもなされればいいのに。

クラム夫人　ちゃんとした娘さんなら、あんなものを着やしませんよ。

パーシーがしょんぼりと上手からあらわれる。

マム　（快活に）お友達をお見送りしてきたのかい？

パーシー　（沈んだ調子で）ああ、行っちゃった。（上手舞台外の海をながめることしばし）じゃあ、毛糸を買ってきてあげよう。（ランプをのぼりかける）

マム　それがね――結局のところ――なんとか足りそうなんだよ。

ジョージ　きっとそんなことだろうと思った。

クラム夫人、ジョージを睨み、当惑げにマムに笑いかける。ジョージ、立ちあがって、下手の望遠鏡のところへ行き、美女の去った方角に向けてから、ポケットの小銭をとりだす。

クラム夫人　つまらない無駄づかいはおやめなさい、ジョージ。

ジョージ、望遠鏡を向けなおす。

ジョージ　いや、なに、その、船が見えたんでね。（すわる）

マム　パーシーや、おまえも一泳ぎしてきたらどうだい？

パーシー　気が進まないんだ。（中央の階段の下手側にくる）寒くなってきたしね。ほとんど日がかげっちまってる。

マム　おや、でも泳ぎは体にいいんだよ。これはおまえのための休暇なんだからね。せいぜい楽しまなくちゃ。

パーシー　ひとりで泳いだって、おもしろくなんかないよ。

マム　まあ行っておいでったら。いつまでここにいてもしようがない。とにかく海水浴は体にいいんだからね。

むっつりとデッキチェアのそばへきながら、パーシーはシャツとズボンを脱ぐ。下には水着を着ている。脱いだズボンは、ボブのズボンのすぐそばに置かれる。

マム　持ち物を小屋へ入れておき。

パーシー　(依然として不機嫌に) ここでだいじょうぶだよ。(ランプのほうに背を向け、自分の椅子の上のタオルをとろうとする)

ノーリーンが上手から走りでて、パーシーを突き倒す。ボブがあとにつづく。

ノーリーン　あら、ごめんなさい、悪かったわね。(パーシーにあだっぽい流し目をくれて) わたしったら、いつも前を見ないものだから。

パーシー　いいや、かまいませんよ。

ノーリーン　海は温かくて、いい気持ち。

ボブ　このご婦人の言うことを信じちゃだめだぜ、きみ。寒くて凍えそうだよ。(程よ

きところに駆け寄り、タオルで体をふく）

パーシー、上手へ去る。

ノーリーン　（体を拭いながら）まったくあなたったら！　柔弱《にゅうじゃく》ってのはあなたみたいなひとのことを言うんだわ。

ボブ　（彼女に歩み寄って、筋肉を見せ）柔弱だって？　ぼくがか？　まあこの筋肉にさわってみろよ。

ノーリーン、タオルを置く。ボブ、彼女を抱きあげ、二、三回ふりまわしてからおろす。ノーリーンは砂の城の上手側に、ボブは下手側にすわる。マムとクラム夫人、嫌悪の表情で見て見ぬそぶり。

ノーリーン　（膝をついて、サマーズ氏の膝にもたれかかり）わあ、目がまわる。

ボブ　やれやれ！　こっちもひどい目にあったぜ！　（砂の城の下手側にタオルを敷き、頭を舞台奥にむけて横になる）どうなんだよ？——ちょっとはこの美しい肉体に、

日があたってくれてもいいんじゃないのか、え？（みぞおちの上の入れ墨をぽんとたたく）

ノーリーン、砂に腰をおろす。

クラム夫人　ねえちょっと、ミセス・ガナー……

マム　なにかおっしゃいましたか？

クラム夫人　ゆうべこの近くで、押し込み事件があったって話、ご存じですか？　ほらあの、いつも新聞に出ているレイディー・ベックマン――ミンクのコートを見せびらかしてる――あのひとがエメラルドのネックレスを盗まれたんですって。

マム　本人が盗んだんじゃありませんか？――保険金めあてに。よくそういう話を聞きますけどね。

ジョージ　この新聞じゃ、二階から忍びこんだ泥棒の仕業だと言ってるようですがね。

クラム夫人　そういう泥棒ってのは、きまって夏になると海辺の避暑地を荒らしまわるんですよ。あなた、覚えていないこと、ジョージ？　去年もここで押し込み事件があったわ――そしてあれも、二階から忍びこんだ泥棒の仕業でしたよ。

ボブ、起きあがる。

ジョージ　なんとかいう映画スターが、ダイヤのブレスレットを盗まれたんです。

クラム夫人　（眠そうに）そうだったかな、覚えていないが。

ジョージ　あら、覚えていないはずはありませんよ。たいそうな騒ぎでしたもの。割れた窓と、排水管の写真、それからその女優の写真、それがいやってほど新聞に出てました。これから彼女が撮影にはいるという、新しい映画のこともいくらか。

ジョージ　（目をつむりながら）いい宣伝になったってわけだ。

ボブ、貝殻でノーリーンをくすぐる。

ノーリーン　よしてよ、大きななりをして！　（砂の城をまわって逃げ、マムの足にぶつかる）あら、すみません、うっかりして。

マム　編み目をひとつ落としちゃいましたよ。

ノーリーン　（階段をのぼって、マムの上手側へ行き）まあ、それはどうも――（親切ごかしに）わたしが拾ってさしあげましょうか。

マム　いいえ、結構です。

ノーリーン　あら、どうかご遠慮なく。わたし、編み目を拾う名人ですのよ。

マム（毒を含んだ口調で）いいえ、お断わりします。

ボブ（四つん這いになってマムのほうを向き）ひとの好意は素直に受けても損にはなりませんよ。ちがいますか？

マム（冷ややかに）なんとおっしゃいました？

ノーリーン（階段を降りて、サマーズ氏に歩み寄りながら）ほうっておおきなさいよ、ボブ。アーティー、煙草、持ってる？（サマーズ氏のさしだした箱から二本抜き、二本同時に火をつける）

ボブ　ったく、この場所ときたら、くそいまいましい死体置き場も同然でやがる。（立ちあがると、バケツを頭にのせて、エジプトの踊りの真似をする）

ノーリーン　まあ、ボブ、おすわりなさいったら。

犬の吠える声、聞こえる。

煙草、どうぞ。

ボブ、煙草を受け取り、前と同じようにすわる。

母親　（下手舞台外で）アーニー！　アーニー!!　あんた、ほんとにいけない子ですよ。

アーニー！

犬の声やむ。

ノーリーン　トランジスターを持ってくればよかった。アダムが聞けたかもしれないのに。

ボブ　あんなの、もう流行遅れさ。ぼくならミンストレルズのほうがよっぽどいいね。

（歌う）おお、ぼくは海辺へくるのが好き——

ノーリーン　——ぼくは海辺へくるのが好き——

ボブ　ぼくは浜辺の散歩が好き、タン——タン——タン——

ノーリーン
ボブ　　　｝（ともに歌う）ジンタが陽気にラララン、ラン、ラン——

ボブ　——おお、ぼくは——

ジョージ　（歌う）——海辺へくるのが好き！　ぼくは浜辺の……（歌うのをやめる）

クラム夫人、ジョージを睨みつけている。

ジェット機が上手から下手へと上空を通過する。

ボブ　ねえ、ノーリーン、あのあたりを飛んでみたいとは思わないかい？　ふたり乗りのジェット機なんて、しゃれてるぜ。

ノーリーン　ばかおっしゃい、ボブ。きっと死ぬほどこわがるくせに。自分だってわかってるでしょ？

フォーリー警部、海浜管理員をしたがえて下手手前より登場。長身、制服姿の男。

ボブ　こわがる？　こわがるってなにをさ……（以下、ノーリーンが警部に気がつくまで、アドリブで適当に）
ジョージ　やあ、これは、フォーリー警部じゃないですか。去年会ったのを覚えていませんか？　クラムですよ！
フォーリー　（会釈して）やあこんにちは、クラムさん――奥さん。
ジョージ　（おどけて）で、商売繁盛ですかな？
フォーリー　はっはっは！　（舞台を横切って中央にき、〈モン・デジール〉の前の階段をあがって、クラム夫人の上手側へ行く）

海浜管理員は下手手前にとどまる。

ジョージ　それとも、せっかくの非番なのに、こんなことを訊いちゃいけませんかな？
クラム夫人　ミセス・ガナー、こちらはフォーリー警部さん。
フォーリー　（マムをふりかえって）はじめまして、奥さん。（ジョージに）それがあいにくと非番じゃないんですよ、クラムさん。
ジョージ　（眼鏡をはずしながら）すると、例の押し込み事件を捜査しておられる、そうでしょう?

フォーリー　図星です。

ジョージ　ここにはやつらの狙うようなものなんて、あんまりなさそうですがね。(三軒の小屋を見まわす)

フォーリー　じつは、情報がありましてね。ゆうべ暗くなってから、子供たちが浜で遊んでいたらしいんです。おまわりと泥棒ごっこだか、宇宙飛行士と原爆ごっこだか、とにかく近ごろの子供がよくやる遊びをしていたわけで。すると、怪しい男がこの遊歩道のはずれの小屋のあたりをうろついていた。それを見たと言うんです。

ボブが肘でノーリーンをこづく。

それだけなら、たいして気にもとめなかったんでしょうが、子供たちを見たとたん、その男、一目散に逃げだしたとかでね。

クラム夫人　なにかを小屋から盗みだそうとしていたんでしょうね、きっと。

フォーリー　いや、それがね、子供たちの言うところによると、その男は裏の小窓ごしに、なにかを小屋のなかに押しこもうとしていたというんです。なんせ子供のことで、その話がわれわれの耳にはいったのは、やっときょうの午後になってからでして。それでもひょっとしたら、レイディー・ベックマンのネックレス盗難事件と、かかわりがないとも言えない。共犯に現物を渡そうとしていたとも考えられますから。

ボブ　こいつはおもしろい！　(両手をあげる)　探してください、警部さん、ぼくは潔白ですよ。

サマーズ氏　ばかな真似はよしたまえ、ボブ。

ボブ　わあ、びっくりした、あんたは死んでるとばかり思ってたのに。(一同のほうに向きなおり)　てっきり死んでると思ってたんですがね。

ノーリーン笑う。

ジョージ　すると、ここに並んだ小屋をぜんぶ調べておられる？

ノーリー　ぜんぶじゃありません。遊歩道のこっちの端だけです。向こうの三軒は、もう調べました。(と、下手をさす)　とにかく、この六軒よりも先ではなかったこと、これは確かだそうで。

ジョージ　（夫人に）エメラルドのネックレスなんて、気がつかなかったよなあ、かあさん。いくらわれわれの小屋が広いといってもね。

クラム夫人　まさかね！　ほんとにそれ、この〈バイダウィー〉のなかにあるかもしれないとお考えなんですか？　（おもしろがるのと同時に、困惑もしながら）なにせこの小屋、あんまりいろんなものがありすぎて、ひょっとしてあたしが気がつかなかったってこともありうるし。どうぞおはいりになって、気のすむまでお探しになってくださいな、警部さん。

フォーリー　（〈モン・デジール〉の階段を降りて）ありがとうございます、奥さん。

ジョージ　もし見つかったら、なにかわれわれに特典でもあるんですか？

フォーリー　（〈バイダウィー〉の階段をあがり、小屋にはいってゆきながら）ルーパート・ベックマン卿から、一千ポンドの謝礼が出ることになっています……

ジョージ　悪くないな。

パーシー、上手手前より登場、ランプに向かう。

ボブ　もしかしてあんたの小屋で見つかれば、逆に監獄入りってことになるかもしれないぜ——贓物《ぞうぶつ》収受とやらのかどでね。
クラム夫人　なんて失礼な！
パーシー　なにがあったの？
ボブ　やあ、きみか。われわれはみんな犯罪の容疑をかけられてるのさ——とくに小屋を借りてる連中はね。
ノーリーン　ゆうべ、レイディー・ベックマンのところで盗まれた、エメラルドのネックレスの件なのよ。
クラム夫人　怪しい男が、それをこのへんの小屋の窓から押しこもうとしてるのを見られたんですって。
ジョージ　それがネックレスだったと、はっきりわかってるわけじゃないんだ。
ボブ　ラブレターかもしれないし、ひょっとしたらポルノ本かもしれない。
ノーリーン　やあねえ、ボブ、あなたの考えることったら！　（笑う）
　ボブも笑う。パーシー、自分の椅子のそばへ行き、タオルで体を拭う。
ボブ　とにかくさ、ノリー、ぼくらは嫌疑外だ。（横目でクラム夫人を見ながら）ぼくらは小屋を持ってるようなお大尽《だいじん》とはちがうからね。この海岸の貴族社会には属していないんだ。ただのありふれた雑草みたいなものでさ――（あてつけがましく）お偉がたとはおつきあい願えない身分なんだ。

貝殻をモノクルがわりに目にあてがい、高級住宅地メイフェアふうのアクセントを真似る。

マム　このリトル＝スリッピング＝オン＝シーに小屋をお持ちでなければ、いいお家柄とは申せませんわね。ていねいな口をきいてあげるにもおよびませんわ。

ボブ　わざわざお金を出してこうした小屋を借りたものなら、静かに、邪魔されずに、ここにすわっている権利があるはずですよ。

マム　おーや、おっしゃいましたわねえだ！（マムのほうに向きなおり）いったいなにがいけないんだよ、こっちにだって楽しむ権利はあるはずだぞ。

パーシー　ここはいつだって、選ばれたひとばかりがくる土地だったんですよ。

マム　（当惑して、マムのほうに身をのりだしながら）ねえ、マム、本気でそんなこと、言ってるわけじゃないんだろ。（ボブにほほえみかける）ぼくらはみんな、海辺の休日を楽しく過ごしたいと願ってるだけなんだ。

例の母親が海草を一房手にして下手より登場、上手へむかって舞台を横切る。

ボブ　（機嫌を直して、正面向きにすわりなおし）そうとも、きみ。それならそれでいいんだ。いま言ったことは、ほんの冗談と思って聞き流してくれ。

母親が上手へ向かってノーリーンの向こうを通るとき、海草がノーリーンの背中に触れる。

母親　やれやれ、これって、はじめに手を触れたときから、いずれは濡れるってわかってたわ。

フォーリー　（小屋から出て、ジョージとクラム夫人のあいだへ歩みでながら）いやまったく、奥さん、不動産屋なら、家具什器《じゅうき》完備、とでも言うところですな。

パーシー、自分の小屋にはいる。

クラム夫人　〈バイダウィー〉は、あたしたちがここに滞在してるあいだは、完全にわが家も同然ですからね。身の回りには、いいものを置きたいんです。

ジョージ、手巻き蓄音器のハンドルでもまわすようなしぐさをする。

ここではお茶も飲めますし、簡単な食事だってできます。蓄音器もあるし、ポータブルのラジオも、コートや雨外套も、お裁縫道具も……（ジョージのしぐさに気づいて口をつぐみ、睨みつける）

ジョージ、素知らぬ顔で新聞を読む。

フォーリー　なるほど、そのとおりですな。ご自分がたがおすわりになる余地すらほとんどないくらいだ。（小屋の前の階段を降り、海浜管理員に合図をして、マムの小屋への階段の下にくる）

海浜管理員は、美女の小屋の階段をあがり、マムの下手へ歩み寄る。

海浜管理員　（手にした紙を見ながら）〈ベン・ネヴィス〉――ガナー夫人――ああ、こちらのご婦人です。

パーシー、小屋から出てくる。

フォーリー　奥さん、これはあなたの小屋ですな？
マム　そのとおりです。
フォーリー　ちょっとなかを見せていただけますか？
マム　（喧嘩腰で）捜査令状はお持ち？
ボブ　やれやれ！
フォーリー　（眉をあげながら）いえ。
マム　じゃあ令状をとってきてくださいな。
パーシー　ねえ、マム……
マム　おまえは黙っておいで、パーシー。

フォーリー　しかしわかりませんな、奥さん、なぜ反対されるのか……

マム　あのレイディー・ベックマンとやらが気に入らないからですよ！　そのうえ今度は警官なんかよこして、他人の小屋をのぞかせる。わたしはなにも、そんなみっともない思いをさせられる覚えなんかありませんからね！

パーシー　でもねえ、マム、これは……

マム　おまえは黙っておいでといったら。

海浜管理員　（急に意を決したようにマムの下手へ進みでて、説得口調で話しかける）いいですか、奥さん、ここの道理をよく考えてみてください。奥さんみたいなお立場のかたが、警官同道で警察へ供述をしにいくなんてのは、それこそみっともいいものじゃありませんぜ。そして、いまここで反対されれば、当然そういうことになるんです。ここにおられるフォーリー警部は、非常にりっぱな紳士でして、ただちょっと、奥さんの小屋のなかにはなにも面倒なものなどないっ、てことを確かめたがっておられるだけなんです。だいいちね、奥さん、ひょっとすると問題の品物は、エメラルドのネックレスなんかじゃないかもしれませんぜ。まさかとお思いなさるだろうが、爆弾だってこともありうるんです。

爆弾と聞いて、マム、多少うろたえる。ジョージ、そっと新聞をおろす。ボブが笑う。

マム　爆弾ですって？　でも、なぜ？

海浜管理員　きょうび、なにが起こるかわかったもんじゃありませんや。（フォーリーを見ながら）なんせ原子力がどうの、過激派がどうのってご時勢だからね。

マム　わかりました。（フォーリーにむかい、もったいぶって）おはいりになってよろしゅうございます、警部さん。

海浜管理員、身を起こし、階段を降りてジョージの手前へくる。フォーリー、〈ベン・ネヴィス〉にはいる。パーシー、自分の椅子にすわる。

ジョージ　（海浜管理員に）あんた、なかなかやるじゃないか、え？

海浜管理員　（煙草の空き箱を拾い、下手へ行ってそれをごみ箱に捨てながら）なんてっても、仕事のうちだからね。揉め事、ごたごた。そりゃもう一日じゅうでさ。ご婦人ってのは、扱いかたさえ心得てりゃ、どうにでもなるもんでね。(訳知り顔で)こうして海岸にいると、ずいぶん人間観察ってやつができるもんですよ。
ボブ　謝礼が一千ポンドか！　ひゅう！　宝くじに当たるか、賭けビリヤードで勝つようなもんだぜ、なあ、アーティー？
　フォーリーが小屋から出てきて、階段を降りる。
美女、下手手前の望遠鏡のそばに登場、立ち止まって、見まもっている。
サマーズ氏　賭けビリヤードで勝つのには、あたまってものがいるんだよ。
　フォーリー、ノーリーンの向こう側に立ち止まる。
ノーリーン　へええ──わたしがもしエメラルドのネックレスを見つけたら、そのままいただいちゃうけどね。(フォーリーに気がつく)あら、警部さん！
フォーリー　(中央の小屋を見ながら)〈モン・デジール〉か。(歩み寄る)
海浜管理員　(手にしたリストを読む)〈ベン・ネヴィス〉、ガナー夫人はすんだと。

今度は〈モング・デッサー〉か。

海浜管理員、フォーリーとともに〈モン・デジール〉の階段をあがる。

マーガトロイド夫人の小屋だけど、近ごろあの奥さん、見かけないからね。だれもいないいんじゃないかな。（ドアをたたく）

美女、望遠鏡のそばの階段を降りる。

美女　はあい。なにかご用ですか？

ジョージ、美女に見とれる。

あたくし、お手伝いできますですか？

クラム夫人　ジョージ！

海浜管理員　これはマーガトロイド夫人の小屋ですな？

美女　（勢いよくうなずきながら、〈モン・デジール〉の階段の下手側手前へきて）はい、そうです。マーガトロイド夫人、あたくしの伯母のお友達です。それであたくしにこの小屋、使ってもいいとおっしゃいました。このキーをくださいましたです。（ビキニのブラからとりだしたキーをさしだす）

フォーリー　（そのキーを受け取りながら）これはこれは！　わたしはフォーリー警部と申します。ちょっと調べさせていただいても……？

美女　あなた、警部さんですか？　はい？　この水着、いけませんですか？　（自分の姿を見おろして）これではじゅうぶんではありませんですか？　はい？

ジョージ　いいえ。

ボブ　マムゼル、それで申し分ありませんよ。

海浜管理員　水着をとやかく言ってるんじゃないんです、お嬢さん。この土地の人間は、どこかの海岸とはちがって、野暮なことは申しません。問題はですな、近くでちょっとした盗難事件がありまして、ここにおいでの警部さんは――その――ある品物があなたの小屋に隠されているかもしれないと、そう思っておられるわけです。

美女　わかりました。だれがあたくしの小屋に隠しましたですか？　なにを？

ジョージ　エメラルドのネックレスです。

美女　エメラルドのネックレス！　あたくしの小屋に？　なぜですか？　考えられません《ス・ネ・パ・ポシブル》。さっぱりわかりませんわ《ジュ・ヌ・パンス・パ・コンプランドル》。だれがそんなひどいことを《キ・ロレ・フエテュヌ・ベル・ショーズ》！　まったくばかげています《メ・セ・コンプレトマン・フー》。

ジョージ　ええ――まあ――そう――そうですな。

フォーリー　マドモアゼル――ええと――その――はいってもかまいませんか？

美女　はい、どうぞ、かまいませんです。（〈モン・デジール〉の前の階段下手寄りに腰かける）

フォーリー、〈モン・デジール〉にはいる。美女、サングラスをとりおとす。パーシーがそれを拾ってやる。

（パーシーににっこりほほえみかけながら）あら、ありがとう。とてもご親切に。

パーシー　（どぎまぎしながらもうれしそうに）いえ、どういたしまして。（〈モン・デジール〉の階段上手寄りに腰かける）

美女　（パーシーに）泳いでいらっしゃいましたか？　水、たいへん冷たいです。

パーシー　いや、冷たくなんかないですよ。ああ、いや、そうです、冷たいですね。

美女　ですけど、あなた、たぶんあたくしより勇気、あるでしょう。水、冷たいと、あたくし、勇気ないです。

フォーリー、小屋から出て、小屋の上手寄りにくる。海浜管理員、警部の下手側に立つ。

フォーリー　たいしたものはない。
美女　そう、ほとんどなにもないです。あるもの、とても醜いティーセットと、お茶の缶、それにイギリスふうの味のないプレーンビスケットだけ。あたくし、イギリスふうのビスケット、好きじゃありませんね。
マム　（パーシーにむかって、けわしく）パーシー、服を着ておいで、風邪をひいて死んじまうよ。
パーシー　（ほほえみかけてくる美女にうっとり見とれている）なに？　ああ、わかった！
サマーズ氏　そうだ、だいぶ冷えてきたよ。
ノーリーン　（立ちあがって、つっけんどんに）さあ、もうお楽しみが終わったんなら、浜を一走りしてこない？　くるでしょ、ボブ？　じゃあね、アーサー。

　　ノーリーン、上手に去る。

ボブ　（立ちあがって、美女をふりかえりながら）じゃあ、また《オー・ルヴォイ》、ね？　（なおも、美女を見まもりながら、上手にむかって歩きだす）

　　ノーリーンが上手手前からひきかえしてくる。ボブ、彼女にぶつかる。

ノーリーン　さあ、いらっしゃいったら、ボブ！

ボブ　（しぶしぶ）いま行くよ。ただちょっと、このべっぴんさんとおしゃべり《パーレーヴー》しようとしてただけで……

ノーリーン　なにさ、ただフランス人ってだけで……！

　　ノーリーン、ボブを押しやり、両人、上手手前より退場。

フォーリー　いやどうも、みなさん。ご迷惑をおかけしました。

フォーリー、ランプをのぼり、上手奥より退場。サマーズ氏、ステッキをついてぎごちなく立ちあがる。海浜管理員、上手寄りにサマーズ氏に歩み寄る。

海浜管理員　手を貸しましょうか、旦那？

サマーズ氏　（下手にむかって舞台を横切りながら）いや、なんとかなるさ。（美女の上手側まできて、軽く帽子を持ちあげる）ボン・ジュール！

サマーズ氏、下手手前より退場。海浜管理員は上手手前より退場する。

美女　お気の毒なかた。（シガレット・ケースをあけ、煙草を一本とりだす）あら——すみません——お願いしてもかまいませんですか？

パーシー　（立って、美女の上手側に寄り）ええ、もちろん。なんでもおっしゃってください。

美女　ライターが――だめになってしまって。

ジョージが自分のライターをとりだしながら立ちあがる。パーシー、美女の下手側へ行き、ジョージのライターを受け取って、彼女の煙草に火をつけてやる。

ありがとう。

マム　パーシー、服を着ておいでと言ってるのに。寒いだろ！

パーシー　服を？　ああ――わかった……。（〈ベン・ネヴィス〉へはいろうとして、階段に向かいかける）

ジョージ　おい、ロミオ君！　（手をつきだす）

パーシー、駆けもどってジョージにライターを返し、デッキチェアのところへ行って、自分のシャツとボブのズボンをとりあげ、小屋へはいって後ろ手にドアをしめる。

ジョージ、ふたたび腰をおろす。美女、軽く鼻歌を口ずさむ。ジョージ、むさぼるように見つめる。クラム夫人とマム、目を見あわせる。美女がジョージを見て、ほほえむ。

クラム夫人（編み物をかたづけ、決然として立ちあがりながら）行きましょう、ジョージ。キオスクでお茶でも飲みましょう。
ジョージ　お茶なんか飲みたくもないがね。
クラム夫人　キオスクへ行って、お茶を飲もうと言ってるんですよ、ジョージ。
ジョージ　行くのか？　じゃあ、まあしかたがない。

クラム夫人、階段を降りようとして、ジョージの膝によろけかかる。

おい！　びっくりするじゃないか！
クラム夫人　だったら、手を貸してくれたらどうなんです？

ジョージ、手を貸して階段を降りる。美女のそばを通り過ぎたところで、ク

　ラム夫人、そっとガードルを直し、舞台を横切ってランプへと向かう。

マム　（ランプから）ミセス・ガナー、あなたもおいでになります？

クラム夫人　（明らかにお茶を飲みにゆきたいのだが、パーシーを美女とふたりだけにしておくのも気が進まぬようす）ええ、もうちょっとあとでね、たぶん。

美女　キオスクは五時でしまってしまいますよ。

　（立ちあがって）さて、ちょっと行って、一泳ぎしてこようかしら。

　美女、水泳キャップをとりあげ、上手手前より去る。パーシーがシャツとズボンを身に着けて小屋から出てき、美女の去ったほうを見送る。

マム　（立ちあがって、鋭く）パーシー、ミセス・クラムとお茶を飲みにいってきますからね。

パーシー　ああ、行っといでよ。（ランプの下へくる）ぼくは飲みたくない。ちょっと散歩してくる。（美女のあとを追って歩きだそうとする）

マム　だめよ、パーシー。わたしたちが帰るまで、おまえはここにおいで。わかったかい？　ここを動いちゃいけないよ。なにか盗まれるといけないからね。

　パーシー、舞台中央へきて、砂の城の下手側に立つ。

そうでなくたって物騒なのに、ここのところ、例の泥棒だの、過激派だのがうろついてて、いくら用心してもしすぎるってことはないんだから。ついでにクラムさんご夫婦の持ち物も、見張っておあげ。

パーシー　ああ、わかったよ。

　ジョージがパーシーの背後にき、両人、美女のあとを見送る。

マム　（クラム夫人といっしょにランプをのぼりながら）きのう行ったあのお店、あそこにはもう行く気がしませんね。わたしのカップには口紅がべっとり。あの店員も気に食わないし。

　マムとクラム夫人、上手奥に去る。ジョージ、ふたりのあとを追うが、その前にふりかえって、パーシーにウィンクする。

ジョージ　じゃあな、しっかりやれよ。

パーシー、みじめそうにジョージを見かえす。ジョージ、ランプに近づき、上手奥舞台外を見やって、もう一度パーシーの上手側にひきかえす。光、わずかにかげりはじめる。

なあいいか、パーシー。おまえさん、手遅れにならんうちに、自分の足で立つようにするんだ。

パーシー　どういう意味です？

ジョージ　おふくろさん孝行にも程があるってことだよ。そりゃ孝行は悪いこっちゃないさ。だが、度が過ぎると、かえってよくない。自分を主張するんだ。男ならやってみることとさ。

クラム夫人　（舞台外で）ジョージ！

ジョージ　いま行くよ！

ジョージ、上手奥に去る。パーシー、ひとり残って、みじめそうに前を見つめながら、砂浜に腰をおろす。煙草を探してズボンの右のポケットに手を入れ、ついで、いまだに放心のていで、左のポケットをさぐる。さぐりながら、ふと眉をひそめ、それからのろのろと、きらめくエメラルドのネックレスをひっぱりだす。一瞬、わけがわからぬといった面持ちでそれを見つめ、ついでその面上を驚愕《きょうがく》の色がよぎる。あわてて砂浜の左右を見わたし、ネックレスをポケットにつっこみ、またとりだして、まじまじとながめる。それから立ちあがり、上手のランプをのぼりかけ、ふたたび砂浜にもどって、上手舞台外を見やり、ついで〈モン・デジール〉を見る。

ノーリーン　（上手舞台外で）いらっしゃいよ、ボブ、なにをぐずぐずしてるの？

ボブ　（おなじく舞台外で）タオルを落としちまったんだよ。

パーシー、ふたたびネックレスをポケットに押しこみ、唐突に舞台中央にすわる。

ノーリーン、上手手前より登場。

ノーリーン　いらっしゃいったら。競走だったら負かしてみせるわよ、ボブ。あなたはとうてい走れるような状態じゃないんだから。煙草の吸いすぎだわ。

ボブ　（上手舞台外で）日にたった四十本じゃないか。

パーシー、砂にひざまずく。

ノーリーン　まあびっくりした。息が止まったわ！

パーシーは答えない。ノーリーン、ようすをうかがう。

ねえちょっと――どうかしたの？

パーシー　いえ――ええ。

ノーリーン　（パーシーの上手側にきて）いやあね、どっちかに決めなさいよ。さて、わたしももう服を着たほうがよさそうだわ。（タオルをとりに砂の城のところへ行き、ついで壇の中央にむかって立つ）浜で服を着たり脱いだりするのって、完全な芸術だと言いたいわね。ここという瞬間になると、きまってタオルがはずれちゃうんだから。（水着の肩紐をはずし、タオルを腋の下に巻きつける）

上手よりボブがあえぎつつ登場。

ボブ　やれやれ！

ノーリーン　あっちへ行ってて、ボブ。まともな奥さまらしい格好になるまで、待っててもらわなきゃ。いまはうっかりするとストリッパーになりかねないから。

ボブ　こりゃおおきに失礼。じゃあ、まともな格好になったら呼んでくれ。ところで、アーサーのおっさんはどこだ？　ああ、いたいた、向こうで健康のための散歩ってやつをやってら。

ボブ、舞台を横切り、下手手前より退場。

パーシー　（独白）いったいどうしたらいいんだろう。

ノーリーン　なんですって？（左肩のタオルがずりおちる）いやあねえ、このタオルったら。ちょっとあんた——ええと……

パーシー　パーシー・ガナーです。

ノーリーン　ああ、そうだったわね。ちょっとこれを持ってて！（タオルの端をさしだす）

パーシー、ノーリーンの下手側でそれを持つ。

そうよ、ずりおちないようにしてててちょうだい。（しきりに身動きする。タオルが落ちかかる）ええと、わたしの服はどこ？（デッキチェアの向こうをまわり、ドレスを拾いあげて壇の上に置く）それから、ええと……（デッキチェアの向こうのビーチバッグのところへ行く）ブラ！　ブラ！　ブラはどこ？（ブラジャーをとりだし、ドレスを置いたところへ行って、それをドレスの上に置く）さあ、それをこっちへちょうだい。（パーシーからタオルを受け取る）よく見張っててよ。（タオルで体を拭いだすが、そこでパーシーが自分を見まもっているのに気づく）ばかね、わたしを見るんじゃないわ！　ほかの男がこないかどうか見張ってるのよ。

　パーシー、下手寄り中央へ行き、下手舞台外をながめる。

(ノーリーンは体を拭いおえ、ブラジャーをとりあげて、ふるう) まあいやだ、砂だらけ! (ブラジャーをつける) ああじれったい、フックが見つからない。ちょっと、パーシー、これ持って。両端ともよ。(タオルを渡す)

　パーシー、正面向きになり、タオルをひろげる。

(ノーリーンはフックをかけおえ、ドレスを着る。タオルのかげから出る) オーレ!

　パーシー、タオルをおろす。

(上手側に向きなおりながら) さあ、いい子ちゃんだから、ジッパーをあげてくれる?

パーシー、ノーリーンに歩み寄り、ドレスのジッパーをひきあげようとする。

じっさい根性曲がりなんだから、ジッパーって。いいこと、間合いをはかって、一気にひきあげるのよ。

パーシー、ジッパーをあげおえる。

いちばん上のフックも忘れないで。

パーシー、ジッパーの上にあるフックをかける。

こういう仕事には慣れてないみたいね。それにしても、またばかに深刻な顔しちゃって！　どうかしたの？　（下半身の水着をずりさげる）

パーシー　どうしたらいいかわからないんだ。

ノーリーン　ええと、クリネックスはどこへやったかしら。（水着を砂の上に脱ぎ落とし、ハンドバッグのところへ行って、膝をつき、クリネックスを一枚とりだして鼻をかむ）さあおっしゃいよ、いったいどうしたっていうの、いい子ちゃん？（鏡と櫛をバッグから出して、髪をとかしはじめる）

パーシー（いきなりノーリーンの下手側に歩み寄り、ネックレスを出して見せながら）見てください！　これがズボンのポケットにはいってるのを見つけたんだ。

ノーリーン（髪をとかすのをやめて、穴のあくほどネックレスを見つめ）いったいどうして——つまりそれって——例の騒動のもとになってる、あのネックレスなの？

パーシー　そうにちがいないと思うんだ。そう思いませんか？

ノーリーン　で、あんた、それをズボンの——いったいどういう意味なの、見つけたって？　それがそこにはいってるのを知らなかったってこと？

パーシー　ぜんぜん知りませんでしたよ。

ノーリーン　じゃあ——あんたが自分でそこに入れたんじゃない、そう言うのね？

パーシー　もちろんちがいます！　ついいましがたまで——さっき泳ぎにいくまで、こんなものはなかったんだ。

ノーリーン　というと——だれかがそこに入れたってわけ？

パーシー　そうにちがいありません。

ノーリーン　でもだれが？　だれがそんなことを？（三軒の小屋と周囲の砂浜に、鋭い目をくれる）ははあ、わかった……

パーシー　どういうことです？

ノーリーン（ビーチバッグのところへ行き、パンティーをとりだしながら）ええと、パンティーはどこ？（それをふるう）砂だらけだわ、なにもかも！（パンティーをはく）

ノーリーンが足首までパンティーをひきあげたところへ、上手手前よりボールをかかえた青年登場。ノーリーンを見て口笛を吹き、そのまま上手へひきかえす。

パーシーが見まもっているので、ノーリーンは下手を向く。パーシーも下手を向き、ノーリーンは舞台奥に向きなおって、パンティーをひきあげる。

パーシー　いま、〝わかった〟と言いましたよね？　なにがわかったんです？

ノーリーン（砂の城のそばに膝をつき、髪をくしけずりながら、なにかを解き明かそうとするようにのろのろした口調で）もちろんそうよ。彼女がそこに入れたのにちがいないわ。

パーシー　彼女？　というと……？

ノーリーン〈モン・デジール〉からあらわれたピンナップガールよ。

パーシー　嘘だ！　そんなこと、ぼくは信じませんよ。

ノーリーン　でも、そうとしか考えられないわ。あんたの服はこの砂浜に脱いであった、そうでしょ？　そこへおまわりがやってくる。おそらく彼女、それをあのビーチバッグに隠してたんだと思うわ。ところがおまわりがあんたたちの小屋を探しはじめたものだから、あわててそれをあんたのズボンのポケットに押しこむ。

パーシー　ええ――まあね――それはたしかに考えられますけど。

ノーリーン　なによ。元気をお出しなさいよ。（櫛を置き、立ちあがってパーシーの上手側に寄り）いいこと、あんたがそれをさっきの警部とやらのところへ届ければ、謝礼がもらえるのよ――一千ポンド。まあ考えてもごらんなさいな。

パーシー　そして彼女は刑務所へ行く。

ノーリーン　なるほど、そういうわけ。（どんとパーシーの胸をたたく）あんたもいいかげんお人好しね、パーシー。あの女はギャングの一味にちがいないのよ。押し込み専門の泥棒が現物を盗んで、小屋に隠す。翌日あの女がやってきて、回収してゆく。そういう仕掛けよ。

パーシー　（不承不承）なるほど。たぶんそういうことだったんでしょうね。（上手手前舞台外へ目をやり）でも、彼女、あんなに若いのに。

ノーリーン　きっと子供のときからずっとやってたのよ。ああいう連中って、母親が子供に万引きを教えるんだから。

ボブ、上手手前より出て、セーターをとりにデッキチェアの向こう側へ行く。

ボブ　（不機嫌に）ぼくが風邪をひいて死んでも、なんとも思わないのか？　なんで着替えがすんだら呼んでくれなかったんだ。

ノーリーン　ねえ、ボブ、すごくびっくりするようなことがあるのよ。このひと——パーシー……？

パーシー　パーシー・ガナーです。

ノーリーン　そう、このひとがいったいなにを見つけたと思う？　（パーシーの手からネックレスをとり、ボブの上手側へ行く）息を止めて、三つ数えるのよ。そして、あとで後悔するようなことは、いっさい言わないように気をつけること。（ネック

レスをさしだす)

ボブはセーターの首から頭を出し、ネックレスを認める。

ボブ (一瞬言葉を失って) へーっ――驚いたなあ！ 犬も歩けば棒に当たるってところか！ いったい全体、どこから出てきたんだ？

ノーリーン このひとのズボンのポケットから出てきたのよ。きっとだれかがそこに入れたんだろうって、いま話してたところ。

ボブ (ややめんくらって) だれかがそこに入れた――だれがだ？

ノーリーン もちろんあの女よ。あの外国訛りの女。ほかには考えられないわ。そう思わない？ あの女にちがいないわよ。

ボブ (デッキチェアにすわり、髪をなでつけながら) まあそうだな、たしかに――あの女だ。

パーシー (憤然として) 嘘だ！

ボブ (髪に分け目を入れながらパーシーを見て) しかし、そう考えれば、すっかり辻褄が合うんだぜ、きみ。

パーシー　ちがう――ぼくは信じないぞ。信じられるものか！
ノーリーン　（パーシーの上手へ歩み寄りながら）あんたたち男性ときたら――みんなおんなじなんだから。あら、そう言ってるところへ――ご本人の登場だわ。（デッキチェアの向こうへ行く）

美女、上手より登場。体は濡れていない。舞台を横切り、パーシーのそばへ行く。パーシー、ビーチウェアを着せかけてやる。

美女　（にっこり笑って）あら、どうもありがとう。やっぱり水、冷たいわ。足の先をちょっとつけてみたけど――（その動作をしてみせる）わあ、これ、とてもだめ！そう思いましたね。あたくし……（ネックレスに目をとめ、口をつぐむ。しばらく間《ま》。それから、多少声音を変えて）ああ、それ、あたくしのネックレスですね。
ボブ　これがあんたのだと言うつもりかい？
美女　ええ、そうです――もちろん！
パーシー　しかし――これは盗まれた品物なんだよ。
美女　（笑って）ああ――わかりました。あなたがた、それ、あのネックレスだと思っていますね。ちがいます、それ、あたくしのです。それ——なんと言いますか——
模造宝石ですね。（ノーリーンに歩み寄り、すばやくその手からネックレスをとる。
それを首にかけて金具を留め、パーシーに向きなおる）きれいでしょ、ね？　（ノーリーンに向きなおって）どこでこれ、見つけましたか？

パーシー　ぼくのポケットにはいってたんだ。

美女　（驚いて）あなたのポケットに？　あなたがとったんですか？　でもなぜ？

パーシー　ぼくはとったりしないよ。

美女　（やさしく）わかりました。あなたは自分がとったこと、知らなかった。そう、あたくしそれ、聞いたことあります、せ——窃盗——強——迫症、とか言いますね。それ、やめられません。でも、あたくしのネックレス、もどりました。ですからこのことはもうなかったことにしましょう。（中央の階段をあがり、壇上へ行く）

ボブ　（鋭く、腹だたしげな調子で）おい！

美女、立ち止まり、物問いたげにふりかえる。

そうだとも、そうはさせないぞ。（立ちあがり、壇上の美女の上手へ行く）

美女　なにか用ですか？

ボブ　そのネックレスを持ったまま逃げだすわけにはいかないってことだ。

パーシー　（ふいに自分の脚を見おろして）ちょっと待ってくれ！　これはぼくのズボンじゃないぞ。（デッキチェアに歩み寄る）ぼくはポケットに煙草を入れといたんだから。（ボブに向かい）あれがぼくのズボンだ。これはあんたのだ。ネックレスはあんたのポケットにはいってたんだ。

ボブ　（美女にむかい、脅すように）そいつをよこせ――いますぐにだ。

美女　いいえ、渡しません。

パーシー、ボブに詰め寄る。ボブ、美女からネックレスをひったくり、砂浜に駆けおりようとする。美女が足を出してボブを転倒させ、ボブはネックレスをとりおとして、下手手前寄りの砂の上にころげおちる。

フォーリーが下手手前より登場、ボブの下手向こう側に駆け寄る。サマーズ氏がおなじところより登場、ボブの下手側に近づく。ノーリーンは、ネックレスを拾いあげているフォーリーの上手側に歩み寄る。パーシーはノーリーンの手前を横切って、中央に歩みでる。美女は中央の階段を降りる。

フォーリー　そいつを逃がすな！
ボブ　くそ、膝をやられた！　どこか折れたみたいだ！
美女　（急に外国訛りをなくして）この男のズボンのポケットにありました。もうひとりの青年が、ズボンをまちがえてはいていたのです。

（同時に）
パーシー　うっかりズボンをとりちがえちゃったもので。
サマーズ氏　いったいこれはなんの騒ぎかね？
ノーリーン　さっぱりわからないわ――いったいどうなっちゃってるの？

ノーリーン　アーサー、ネックレスなのよ。ほら、レイディー・ベックマンの、盗まれたあれ。どうやらずっとボブのポケットにあったみたい。
ボブ　仕組まれた罠《わな》だ。まちがいない。
ノーリーン　信じられないわ。とうてい信じられないわね。
サマーズ氏　ボブが？
フォーリー　（ノーリーンに）この男をどのくらい前からご存じなんです？
サマーズ氏　ここへきてから知りあったばかりですよ――一週間前です。

ノーリーン　おなじゲストハウスに泊まってるんですの。
サマーズ氏　なかなか気持ちのいい、おもしろい男に見えたんでね。なんとなくいっしょに出歩く習慣になっちまったんです。
フォーリー　なるほど。
ノーリーン　とても信じられませんわ。ボブが――押し込み専門の泥棒だなんて。
ボブ　（立ちあがりながら）なにかのまちがいだと言ってるだろ！　だれかがおれのポケットにネックレスを入れたんだ。でっちあげなんだ。
フォーリー　そういうことは、署で説明してもらおうか。服を着るんだ！
　ボブ、立ちあがって、デッキチェアの向こうへ行く。フォーリーは砂の城の向こう側へ行きながら、通りがかりにパーシーの背中をたたく。
　よくやったぞ、きみ。これで一千ポンドの謝礼はきみのものらしいじゃないか。
ボブ　こいつはおれのズボンじゃない。
パーシー　ちょっと待ってくれ。（はいているズボンを脱ぐ）
フォーリー　（ボブからズボンを受け取り、かわりに靴を渡しながら）これはきみの靴かね？

パーシー　（脱いだズボンをさしだしながら）ねえ警部さん、わかってくれますね、このお嬢さんは、事件にはなんの関係もないんだ。そうでしょう？

フォーリー　（にやりと笑って）どうやら紹介したほうがよさそうだな。

ジョージとクラム夫人、上手奥より登場。ランプを降りて、その下にくる。

この女性は、婦人警官のアリス・ジョーンズです。

パーシーの手からズボンが落ちる。フォーリーとパーシー、美女の手を介してズボンを交換する。

よくやったぞ、ジョーンズ。その男の足をすくった手ぎわなど、なかなかみごとなものだった。

美女　ありがとうございます、警部。

フォーリー　さあ歩け！

ボブ　イギリスの海岸にフランスの婦人警官か。まあいい、職場の労働組合代表に訴えて、きっとこのでっちあげのかたはつけてみせるからな！

ボブ、フォーリーにひきたてられて、ランプから上手奥に退場。

パーシー　婦人警官のアリス・ジョーンズ！

美女　そうよ。

サマーズ氏　（パーシーと美女の手前を横切り、デッキチェアにすわりながら）わしもすっかりだまされるところだった。

パーシー　仕事でここへきたの？

美女　そうよ。

パーシー　とても――とても婦人警官には見えないなあ。

ノーリーン、パーシーと美女のあいだを横切って、砂の城の上手側に行き、ひざまずいて持ち物をまとめる。

美女　そう見せないのが役目ですもの。

パーシー　で、これからどうするの？

美女　そうね——きょういっぱいはお休みをもらってるんだけど。

パーシー　ねえ——だったら——もしよければ——その、パビリオンで食事でもして、そのあとショーを見にゆくってのはどう？

美女　いいわね。

マムが登場、壇の上手奥の端に立つ。

じゃあ待ってて、服を着てくるから。（着替えのために自分の小屋にはいり、ドアをしめる）

パーシー　ああ、いいよ！（ズボンをはく）

クラム夫人　（マムの椅子の下手側に近づきながら）あの娘——あれが婦人警官だったとはねえ！

マム　（自分の椅子に歩み寄り）パーシー、これはいったいどういうことなの？　なにがあったんだい？

パーシー　ぼくがレイディー・ベックマンのネックレスをとりもどしたんだ。
クラム夫人　いかが、信じられまして？
ジョージ　（壇の下を横切り、自分の小屋への階段に歩み寄りながら）すると、きみがあれをとりもどしたのか。謝礼の一千ポンドはきみのものってわけだな。きみが自分でその金を使うことを許してもらえるといいんだが。
マム　一千ポンド。
ジョージ　（クラム夫人の椅子に腰をおろしながら）独立をかちとるためには、ちょっとした金に勝るものはないよ。
パーシー　ぼくは謝礼のことなんかどうでもいいんだ。それよりもあの、ミス……
マム　パーシーや、おまえ、あの娘さんになにを言ってたんだい？
パーシー　いっしょにパビリオンに行こうって誘ってたんだ。
マム　とんでもない。そんなことは許しませんよ。あの娘さんとはお近づきでもないのに。
パーシー　だから、これからお近づきになろうっていうんじゃないか。
ジョージ　そうだ、そのとおり。
クラム夫人　ジョージ！

パーシー、上手のランプをのぼる。

マム　ああいやだ！　こういう騒ぎはわたしには刺激が強すぎますよ。どうやらまた頭痛がぶりかえしてきたみたいだ。（どすんと椅子に腰をおろす）

クラム夫人、マムがその上に腰かける寸前に、急いでマムの編み物を椅子からとりのける。

クラム夫人　おっとっと！

ノーリーン　わたしたちももう引き揚げたほうがよさそうね。（サマーズ氏の手前を横切り、ランプに向かう）ボブが泥棒だったとはねえ！　とても信じられないわ。行かない、アーサー？

サマーズ氏　いますぐ行く。おまえ、一足先に行きなさい。

ノーリーン　（肘でパーシーをこづいて）いいこと、パーシー。どうすべきかはわかってるでしょうね？　がんばれ、ガンナー君よ！

ノーリーン、ランプをのぼって、上手奥に去る。

クラム夫人　ちょっときて、おかあさんを見ておあげなさいよ、パーシー。どうもだいぶぐあいが悪そうだわ。

パーシー　（マムの上手側へきて）だいじょうぶかい、マム？

マム　ああ、心臓がね、ちょっと。

ジョージ　そら、また始まったぞ。

パーシー　気付け薬はどこへやったの？（母のバッグから芳香塩の瓶をとりだして、マムの鼻の下に押しあてる）

マム、うるさそうに瓶を払いのける。

ジョージ　それ、これであおいでやるといい。

パーシー、ジョージのそばへきて新聞を受け取り、それでマムの右の耳をあおぐ。マム、耳をおさえる。パーシー、彼女の上手側にまわる。
例の母親が下手より登場、舞台を横切って上手へ向かう。

母親　アーニー！　バート！　ふたりともすぐいらっしゃい。バスに乗り遅れるとたいへんだから。
マム　ああまた、あのひと！
母親　アーニー！
マム　あの声！
母親　いいこと、つかまえたらただじゃおきませんからね！　アーニー‼
母親、上手にはいる。
美女が小屋から出てくる。
美女　さあ、支度ができたわ。
パーシー　ごめんよ——じつは……

美女、小屋のドアをしめる。

マム　じつはおふくろが――あんまりぐあいがよくないって言うんだ。

パーシー　すまないねえ、おまえ、いつもいつもおまえのお荷物になって。だけどね、ほんとにぐあいがよくないんだよ。

マム　(あおぐのをやめて) あのう――(訴えるようにクラム夫人を見ながら) 申し訳ないんですが……(語尾、とぎれる)

美女　(美女に) わかってやってくださいますわね、ミス――ええと……

マム　ジョーンズ。アリス・ジョーンズですわ。

パーシー　ミス・ジョーンズ、ほんとにすみませんねえ――でもねえ、ほんとにひどい頭痛がして、なんだかふらふらするようなんでね。

パーシー、またあおぎだす。

美女　(きびきびと) それはいけませんわね。あなたに必要なのは休養でしてよ。男なんて、気分の悪いときにはなんの役にも立たないものですわ。(階段の手前をランプへと向かう）行きましょう、パーシー。おかあさまを静かに休ませてさしあげましょうよ。
パーシー　マム……
マム　やれやれ、情けないこと。（目をつむる）
美女　（パーシーに）どうなの？　（待つ）
パーシー　ぼく……
美女　そう、じゃ、さよなら、みなさん。（ランプをのぼる）
美女、上手奥より退場。
パーシー　待ってくれ！　ミス・ジョーンズ……（手にした新聞をクラム夫人に渡す）
パーシー、ランプをのぼって、上手奥にはいる。
ジョージ　いいぞ！　ようし、しっかりやれ！

クラム夫人、パーシーの椅子にすわって、マムをあおぐ。

マム　こんな思いをするために、きょうまで生きてきたんですかねえ。かわいい息子が、こんなに無慈悲に母親をおっぽりだして、行ってしまうなんて。あの憎らしい娘。よりにもよって婦人警官とは。

クラム夫人　（自分をあおぎながら）お気の毒にね、お気持ちはわかりますよ。ほんとによくわかります。

マム　（立ちあがり）とにかく、こんなところにすわっていてもしようがない。うちへ帰りますよ――ひとりで帰れるかどうかもわかりませんけどね。

クラム夫人　（マムの椅子の上手側に立ち）あたしがお送りしますよ。

マム　おまけに〈ベン・ネヴィス〉をしめるのも、わたしひとりでやらなきゃならない。こんなこと、いままでやったこともないのに。

クラム夫人　ジョージ、ジョージ！

ジョージ、新聞を置き、椅子を〈ベン・ネヴィス〉に運びこむために上手へ行く。

マム　じっさいこんなこと、パーシーらしくもありませんよ。いったいあの子がどういう気なのか、さっぱりわかりません。
ジョージ　（椅子をたたみながら）わたしにはわかりますがね。
マム　ぜんぶしまってくださいな。
　ジョージ、もうひとつの椅子をかたづけ、自分の椅子のところへもどって、新聞をとりあげる。
すみませんがお願いしますよ、クラムさん。
　ジョージ、ひきかえしてマムからキーを受け取り、小屋に鍵をかける。
ちゃんとかかりましたか？
ジョージ　そら、キーを返しますよ。（それをマムに渡す）お宅までお送りしたほうがよさそうですな。

マム　ええ、どうかお願いしますよ。（ランプをのぼる）

クラム夫人、あとを追う。

わたしがいつ死ぬかもわからない身だってことは、だれだって知ってるはずなのに。どうせわたしの生き死になんて、だれも気にしちゃいないんだ。

クラム夫人　いいえ、ジョージ、あなたはこなくてもよござんす。

クラム夫人とマム、上手奥より退場。

ジョージ　（壇を横切って自分の小屋に向かいながら）まったく、女ってやつは！

サマーズ氏　そうだ――女ってやつはね。

ジョージ、自分たちの椅子をたたんで、小屋に入れる。海浜管理員が上手手前から登場、下手手前へむかって舞台を横切りながら、煙草の空き箱を拾ってくず入れに入れ、ブラジャーを見つけて、それをつまみあげる。そのとき、ジョージが椅子をしまいおえて、小屋の階段を降りてこようとしているのに気づく。

ジョージ　（ブラジャーを見て）おれのじゃないよ。

海浜管理員　ラジオによると、あすは雨になるってことですぜ。どうせあたりゃしませんがね。天気予報があたったためしなんて、まだ聞いたこともない。きっとまた、とてつもなくいい天気になりまさ。

海浜管理員、ふたたび上手手前へはいる。ジョージ、砂の城の下手側へ近づく。

サマーズ氏　さあてと！（立ちあがり、脚の屈伸運動をしてから、砂の城に歩み寄り、砂の下からネックレスをとりだして、ジョージに渡す）それ、獲物だ。

ジョージ　すると、ずっとあんたが持ってたのか！　じゃあ、あのもうひとつのほう、あれはなんなんだ？

サマーズ氏　あれか、あれは複製さ。ゆうべ、置いてくるひまがなかったんだ。くそいまいましい部屋付きメイドのやつが、交替時間が過ぎて二時間もたってから、いきなりはいってきやがるもんだから。そいつをボブのポケットに入れたのは、ノーリーンのちょっとした悪戯《いたずら》だよ。

ジョージ　ノーリーンの悪戯好きも、そのうちきっと行きすぎて、ぼろを出すことになるぞ。かわいそうにボブのやつ。

サマーズ氏　しかたがない、だれかが貧乏くじをひかなきゃならなかったのさ。あの野郎、少々のさばりすぎて、目に余る。思い知らせてやる必要があった。ちょうどその役まわりにぴったりだったってわけだよ。（デッキチェアの向こうへ行く）なにしろあの野郎、前科持ちだからな。

ジョージ　それにひきかえおれたちは——おれはまともな商売をしている宝石商だ。とても盗品故買人《けいずかい》には見えんだろ、え？

サマーズ氏　そしておれは、とても押し込み専門の泥棒には見えんってわけだ、なあ？

（デッキチェアにすわる）

ジョージ、ドアをしめて鍵をかけるために小屋へひきかえす。

クラム夫人（舞台外で）ジョージ！

　クラム夫人、上手奥にあらわれる。

いらっしゃい、ジョージ。一晩じゅう海岸でうろうろしてるつもり？　あのガナー夫人が、ひどくお加減が悪いんですよ。

ジョージ（小屋に錠をおろしながら）いい気味だよ、あのばばあ。

クラム夫人　なんですって？　とにかくひとつ言っときますよ。（壇の上手へくる）よござんすか、あたしはもう来年はここへはきませんからね。

ジョージ（ゆっくりと彼女のあとを追いながら）ああ、それがいいかもしれんな、おまえ。あまり一カ所にばかり何度もかようのはまずい。

サマーズ氏　失礼だが、火を貸してくださらんか。

　ジョージ、砂浜へ降りて、サマーズ氏の煙草に火をつけてやる。

クラム夫人　来年はあたし、クラクトン＝オン＝シーへまいりますからね。

クラム夫人、上手奥へ去る。

ジョージ　クラクトン＝オン＝シーか。うん、あそこにはなにかありそうだな。クラクトン。うん、きっとおもしろいぞ。

ジョージ、上手奥へはいる。

サマーズ氏は不自由なはずの脚を高々と組み、帽子を目深にひきさげる。照明しだいに暗くなり、やがて〈溶暗〉。

――幕――

患者
The Patient

深町眞理子訳

舞台配置図

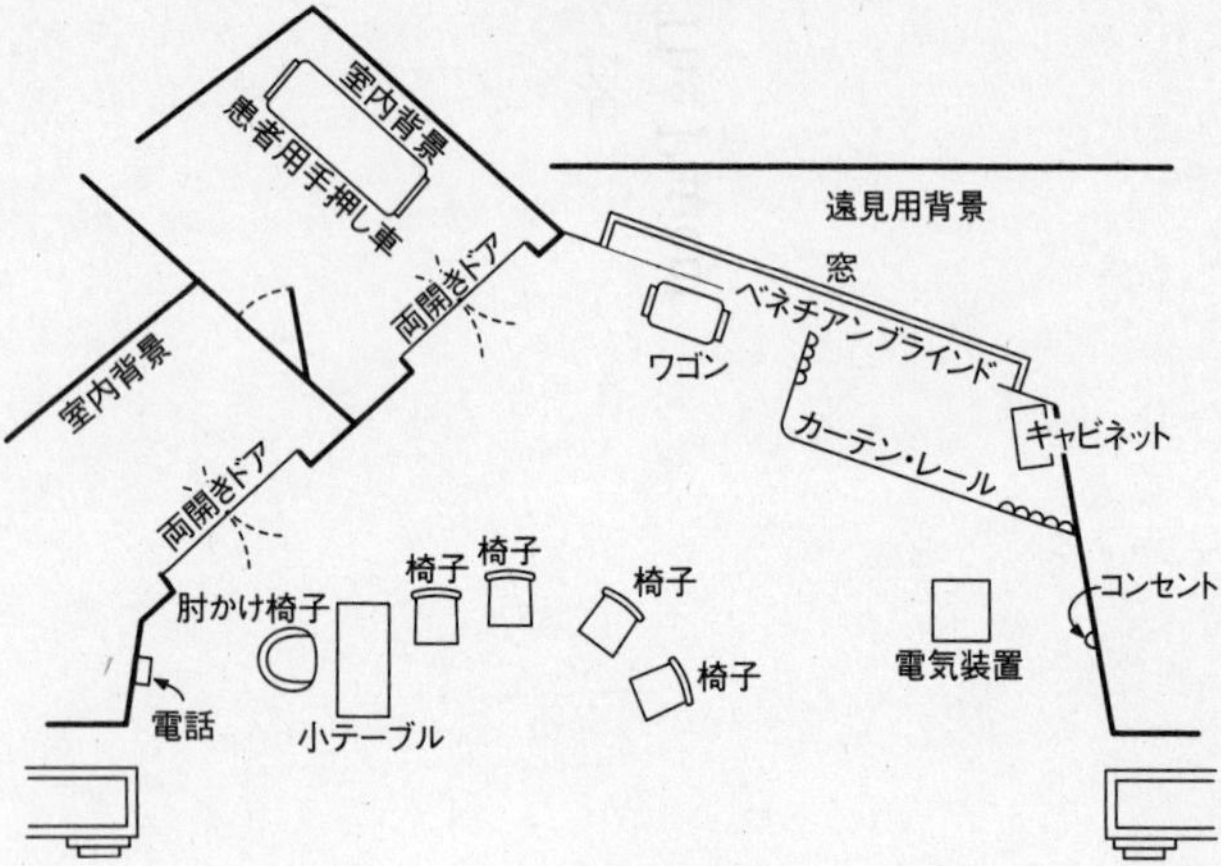
室内背景
患者用手押し車
遠見用背景
窓
両開きドア
ワゴン
ベネチアンブラインド
室内背景
キャビネット
カーテン・レール
両開きドア
椅子
椅子
椅子
コンセント
肘かけ椅子
椅子
電気装置
電話
小テーブル

登場人物（登場順）

ランセン
看護婦
ギンズバーグ医師
クレイ警部
ブライアン・ウィングフィールド
エミリーン・ロス
ウィリアム・ロス
ブレンダ・ジャクスン
患者

時　ある秋の午後
所　ある私立療養所の個室

舞台——ある私立療養所の個室。秋の午後。

部屋は四角く、簡素で、いかにも衛生的な感じ。下手《しもて》の壁に両開きのドアが二カ所。舞台奥一面に、ベネチアンブラインドのさがった大きな窓があり、ブラインドはいまおりているが、〝どじて〟はいない。上手《かみて》奥、その窓の前に半分ほど張りだして、カーテンで仕切った小室があり、カーテンはひらかれている。小室の内部上手側に、キャビネット。舞台中央手前上手寄りに、さまざまなダイヤルや赤ランプなどのついた電気装置一台。中央下手寄り窓ぎわに、医療用ワゴン。下手手前に壁掛け式館内電話。中央手前下手寄りに小テーブル、その下手側に肘かけ椅子一脚、上手側には四脚の小型の椅子が、おおざっぱな半円状に並べられている。この四脚は、ある目的のためにこの部屋に運びこまれたもので、本来この部屋の備品ではないかのようなたたずまいを持っている。窓ぎわのワゴンの上には、煮沸水のはいった滅菌器が置かれている。

幕があがると、照明しだいに明るくなる。ランセン——長い白の上っ張りを着て、眼鏡をかけた長身の、ひょろりとした青年——が、舞台中央上手寄り、キャスターつきの電気装置をいじっている。中央下手寄り窓ぎわのワゴンのそばには、看護婦——背のすらりとした、ととのった容貌の女性で、有能そうな、作法にかなった立ち居ふるまい。ただ、ほんのわずか人間味に乏しく、医師の言葉すべてに絶対的に服従する、といったところがうかがえる。滅菌器の蓋《ふた》をとると、鉗子《かんし》で注射針をとりだし、それをトレイの上に置いてから、上手奥のキャビネットへ行って、タオルを一枚とりだし、ひきかえして、それをワゴンの上に置く。ブザーが鳴る。

ギンズバーグ医師が下手奥より登場、下手手前の電話に向かう。四十代なかば、きびきびしたようすの、黒髪の男である。

ギンズバーグ　（看護婦に）いいよ、きみ、わたしが出る。（電話をとり）はい？……ああ、クレイ警部がね、よし。十四号室においでくださいと申しあげてくれ。

(電気装置の下手側に歩み寄って) どんなぐあいだね、ランセン? 調節はすんだか?

ランセン ええ。すべて順調ですよ、ギンズバーグ先生。いよいよ出番になったら、このプラグを差しこみます。(上手手前のコンセントをさす)

ギンズバーグ ぜったいまちがいはないだろうな? わずかでも手ちがいがあっては困るんだ。

ランセン だいじょうぶですよ、先生。きっとうまくいきます。

ギンズバーグ よし。(向きなおって、並べられた椅子をながめながら) うーん、もうちょっとくだけた感じを出したほうがよさそうだ。(看護婦に) きみ、ちょっとこの椅子を動かそう。(デスクの上手側、三番めの椅子を、下手奥の隅へと運ぶ) ええと——そいつはそっちの壁ぎわに置いてくれ。

言いおいて、ギンズバーグは下手手前のドアより退場。

看護婦 はい、先生。(舞台手前へきて、テーブルのすぐ右側の椅子を持ちあげる)

ランセン 気をつけろ! (椅子を受け取り、上手手前の壁ぎわに置く)

看護婦　（いくらか物珍しげに電気装置をさしながら）なんなの、これ？
ランセン　（にやりと笑って）見てのとおり、最新式の電気装置さ。
看護婦　（うんざりしたようすで）ああ、また、ああいう仕掛けのたぐい。（舞台奥のワゴンのところへ行く）
ランセン　きみたちのような人種の困ったところはね、科学に敬意を払わないってことさ。

クレイ警部、下手手前より登場、舞台を横切って、電気装置の下手側へ行く。中年で温顔、ついだまされてしまいそうな柔和な外見の男。ギンズバーグが警部とともに登場、デスクの向こうへ行く。

警部　こんにちは。
ギンズバーグ　用意はぜんぶできています。
警部　（電気装置をさしながら）これがその仕掛けですかな？
ランセン　こんにちは、警部さん。
ギンズバーグ　そうです。テストは入念にすませてありますよ、警部さん。

ランセン　申し分なく働きますよ。ほんのちょっとさわっただけで、接続部分が作動します。けっして故障はないと保証しますよ。

ギンズバーグ　ご苦労、ランセン。きみの手を借りるときには、また呼ぶから。

ランセン、舞台を横切り、下手手前より退場。

(看護婦に) カートライト看護婦は、患者のほうの支度、すませているだろうね?

看護婦　(一歩舞台手前へ進みでながら) はい、先生。万事とどこおりなく。

ギンズバーグ　(警部に) ここにいるボンド看護婦は、残って、実験を手伝ってくれることになっています。

警部　それはどうも。ご苦労さまですな。

看護婦　どういたしまして、警部さん。お役に立つことなら、なんでもいたしますから。じっさい、ミセス・ウィングフィールドがそんなにひどくふさぎこんでらっしゃると知ってたら、けっしてあの日、外出などいたしませんでしたのに。

ギンズバーグ　だれもきみを責めてなんかいないよ。

看護婦、ワゴンのそばへもどる。

ほかのひとたちも到着しているとおっしゃいましたっけ？

警部　ええ、階下《した》にきています。

ギンズバーグ　（デスクの手前をその下手側へまわりながら）四人とも？

警部　四人ともです。ブライアン・ウィングフィールド、エミリーン・ロス、ウィリアム・ロス、それにブレンダ・ジャクスン。逃げだすわけにはいきませんよ。部下を配置してありますから。

ギンズバーグ　（四角ばって）ぜひご理解いただきたいんですがね、警部さん。つまり、ここでは患者の安静をなによりも優先させねばならんということです。ほんのわずかでも、衰弱または過度の興奮の徴候が見られたら――多少でも実験が有害な影響を及ぼしつつあると見てとったら――その場でストップをかけますからね。（看護婦にむかって）きみもこの点はよく理解しているだろうね？

看護婦　はい、先生。

警部　なるほど、そうでしょう、そうでしょう――当然ですよ。（ためらいがちに）実験があまりに危険すぎる、そう思っておられるのではありますまいな？

ギンズバーグ　（下手へ行き、肘かけ椅子に腰かけながら、冷ややかに）危険すぎると思ったら、こんな実験を許可してはいませんよ。ウィングフィールド夫人の症状は、おもに心理的なもの——きわめて強いなショックに起因するものなんです。いまは、体温も、心臓の状態も、脈搏も、すべて正常です。（看護婦に）きみ、きみはすでに家族のみなさんと面識があるわけだから、ご苦労だがちょっと階下の待合室へ行って、みなさんをここへご案内してくれないか。かりになにかたずねられることがあっても、ぜったいに言質《げんち》を与えるようなことを言ってはならないよ。

看護婦　かしこまりました。

看護婦、下手手前より退場。

警部　（テーブルの上手側へきて、腰をおろしながら）さてと、いよいよですな。

ギンズバーグ　ええ。

警部　まあなんとか、うまくいくように祈りましょうや。家族のなかで、これまでに患者に面会することを許されたもの、だれかいますか？

ギンズバーグ　患者の夫は当然許されています。妹と弟も数分ずつ会っています。ここで患者の付き添いを命じられている看護婦――カートライト看護婦といいますが、これが終始その場に立ちあっています。（一呼吸して）ミス・ジャクスンは、ウィングフィールド夫人に面会してはいません。また、面会にくるようにもとめられてもおりません。

警部 （立ちあがって、中央の椅子の上手寄り奥へ行きながら）なるほど、そうでしょうな。ところで、みんながきたら、あなたからちょっとした前置き的な話をしてやっていただけますか？ 大体の状況をのみこませてやってほしいのですよ。

ギンズバーグ いいですとも、ご指名とあらば。

警部はぶらぶらと奥の窓ぎわへ行く。

で、ウィングフィールド夫人ですが、三階のバルコニーから転落したんでしたな？

警部 そうです。そのとおりです。

ギンズバーグ （立ちあがって、舞台中央へきながら）それで一命をとりとめたとは、じっさい奇跡的だ。なにしろ頭部挫傷、肩関節脱臼《だっきゅう》、それに左脚骨折ですからね。

看護婦が下手手前のドアをあける。警部、舞台上手寄り中央へくる。ブライアン・ウィングフィールド、ウィリアム・ロス、エミリーン・ロスの三人が、下手手前のドアより登場。ウィングフィールドは三十五歳ぐらい、短軀ながら、がっちりした体格の魅力的な男。物腰は大体において物静かで、顔もどちらかというとポーカーフェース。ロスも同年輩、やはり短軀だが、こちらは黒髪で、やや衝動的な気質。彼の姉エミリーンは、四十歳、背の高い、陰気な顔つきの女性。三人とも、かなり気分がたかぶっているようす。

看護婦は下手手前より退場。

（エミリーンの手をとりながら）よくおいでくださいました、ミス・ロス。どうぞおかけください。（ロスと握手する）ようこそ、ロスさん！

ロスは下手奥、ドアのそばへ行く。

こんにちは、ウィングフィールドさん。（ギンズバーグ、ウィングフィールドと握手する）

ウィングフィールド　お迎えをいただきましたが——まさか——家内のことじゃないでしょうね？　よもや悪いニュースでは？
ギンズバーグ　いやいや、ウィングフィールドさん。悪いニュースじゃありませんよ。
（ウィングフィールドのそばを通って、その左手へ行く）
　ウィングフィールド、中央の椅子の上手側奥へ行く。
ウィングフィールド　それでほっとした。お迎えをいただいたときには、てっきり容態が悪化したのかと思いましたよ。
ギンズバーグ　容態にはなんの変化もありません。悪化もしていませんし、かといって——悲しいかな——好転もしていません。
エミリーン（テーブル上手側の椅子の手前を横切りながら）それで姉は、いまだに意識がありませんの？
ギンズバーグ　いまだに完全に麻痺したままです。動くこともできなければ、話すこともできません。
エミリーン（テーブル上手側の椅子にすわって）恐ろしいこと。まったくぞっとするわ！

警部　ミス・ジャクスンは、ごいっしょではなかったのですか？

ウィングフィールド　一足遅れてきます。

ギンズバーグ、下手手前のドアのほうへ行く。

ブレンダ・ジャクスン、下手手前より登場、ギンズバーグの上手側へむかって舞台を横切る。二十五歳、背の高い、ひときわ美貌の女性である。

ギンズバーグ先生、わたしの秘書のミス・ジャクスンです。

ギンズバーグ　ようこそ。

ブレンダはウィングフィールドの指し示した舞台中央の椅子の手前を通り、電気装置の手前を通って、上手手前の椅子のほうへ行く。それから、向きなおって、電気装置をながめる。

ロス　かわいそうなジェニー、ひどい目にあうものじゃないか。ときどきぼくは思うんだが、いっそ落ちたときにすぐ死んでたほうが、しあわせじゃなかったのかな。

ウィングフィールド　（舞台上手寄り中央へきながら）いや。なんであれ、死ぬのよりはましだ。

ロス　そりゃまあ、あんたがそう言う気持ちはわかるがね、ブライアン。しかしこれは――言ってみれば、生きながらの死じゃないか。そうじゃありませんか、先生？

ギンズバーグ　まだお姉さんが廃人になると決まったわけではありませんよ、ロスさん。

ブレンダ　でも、まさかこのままってわけじゃないんでしょう？　つまり――いずれは回復するんでしょう？

ギンズバーグ　（舞台を横切って、ブレンダの下手側へ行きながら）こういうケースでは――患者の回復状態を予測するのは非常にむずかしいのです。たしかに、傷は治りますよ。骨はつながりますし、肩の脱臼はすでに回復しかけている。頭の傷も、遠からずよくなるでしょう。

ウイングフィールド　（ギンズバーグの下手側へむかって、舞台手前に進みでながら）だったら、なぜ病状がさっぱり好転しないんです？　どうしてあらゆる面で本来の家内にもどらないわけがあるんです？

ギンズバーグ　（ロスの上手側へむかって、ウィングフィールドの手前を横切りなが

クリスティー文庫通信

第11号

クリスティー作品、続々上演

クリスティーといえば、ロングランとなる戯曲を発表したことでも知られています。そのクリスティー劇が、日本で次々と上演されます。

「春にして君を離れ」が、11月17日(水)〜21日(日)、銀座・博品館劇場にて上演されます。演出・脚本は大和田伸也さん、出演は多岐川裕美さん、東てる美さん他のみなさんです。

さらに「ナイル殺人事件」が、11月18日(木)〜28日(日)、ル・テアトル銀座で上演されます。演出は山田和也さん、出演は北大路欣也さん、淡路恵子さん他のみなさんです。

ともにすでにクリスティー劇を経験した熟練の役者さんが登場します。どうぞ劇場に足をおはこびください。

ら）そこですよ、そこでわれわれには未知の分野がかかわってくるんです。つまり、奥さんの麻痺状態は、精神的ショックからきているということです。

エミリーン　事故の後遺症ってわけですわね？

ギンズバーグ　まあ事故は表向きの理由ではありますが。

ロス　いったいどういう意味です、〝表向き〟とは？

ギンズバーグ　（テーブルの下手側へきて）ウィングフィールド夫人は、バルコニーから転落するさい、異常な恐怖を味わわれたのにちがいありません。現在の完全な麻痺状態を生みだしているのは、肉体的な傷よりも、むしろ精神に受けたなんらかの傷なんです。

ブレンダ、上手手前の椅子に腰かける。

ウィングフィールド　（舞台中央の椅子の向こうへきながら）すると、先生のおっしゃりたいのは――

ギンズバーグ、テーブルにむかって腰をおろす。

——まさか先生までが、このあいだから警部さんがちらちらほのめかしておられる、あれとおなじことをお考えなんじゃありますまいね？——つまり、家内が自殺をはかったということです。そんなこと、わたしはこれっぽっちも信じられません。

警部　わたしはあれが自殺未遂だと思っている、などと言った覚えはありませんよ、ウィングフィールドさん。

ウィングフィールド　（中央の椅子に腰をおろして）しかしなにかそのようなことを考えておられるにちがいないんだ。さもなかったら、あなたやあなたの部下が禿鷹《はげたか》のようにつきまとってくる、なんてことはなかったでしょうからね。

警部　われわれは職務上、この——事故の原因を明らかにせねばならんのです。

ロス　（ウィングフィールドの上手、警部と並ぶ位置まで出てきて）しかしね、そいつははっきりしてるじゃないですか。姉はここ数ヵ月来、病気がちだった。こんなことははじめて、もしくははじめてに近いですが、ずっと加減が悪くて、衰弱してきてたんです。それが窓ぎわへ行き、さらにはバルコニーに出る——手すりにもたれる。とつぜん眩暈《めまい》に襲われて、転落する。あのバルコニーの手すりは低いですから。

エミリーン　そう興奮することはないわ、ウィリアム。どなるのはよしてちょうだい。

ロス　（エミリーンをかえりみながら）ああ、わかったよ、バニー。しかしね、これにはむしゃくしゃするんだ――こういったいろんな騒ぎには。（ギンズバーグにむかって）ねえ先生、先生は警察がわれわれ家族の問題にちょっかいを出すのを、われわれが快く思ってるとでもお考えですか？

ウィングフィールド　やめろよ、ビル。それに苦情を唱える立場の人間がもしいるとすれば、それはぼくってことになるだろうが、ぼくはべつになんとも思っていないんだからね。

ロスはぷいと背を向けて、舞台奥の窓ぎわへ行く。

ブレンダ　それにしても、わたしたちがここへ呼ばれたのは、なんのためですの？

警部　（テーブルの向こう側へ行って）まあちょっとお待ちください、ミス・ジャクスン。（エミリーンに）ミス・ロス、もうちょっとお姉さんのことについてうかがいたいんですが。お姉さんが気鬱の虫にとりつかれていた――ふさぎこんでおられた、そういう事実が多少なりともあったのでしょうか。

エミリーン　いつもひどく気をたかぶらせていましたわ――神経質になっていました。

ロス　（舞台奥の椅子に腰かけながら）ふん、ぼくならそうは言わないな――そんなこと、これっぽっちもあるもんか。

エミリーン　男にはこういうことはわからないものなのよ。わたしはちゃんと心得たうえで、こう言ってるんですから。ねえ警部さん、わたし、それはありうることだと思ってます――姉は病気でひどく気がめいって、ふさぎこんでいた。ほかにもまだ気に病んだり、頭を悩ませたりしなきゃならないことがありましたし……

ブレンダ、すっと立って、下手手前のドアへ向かう。警部、それをさえぎるように彼女の下手側へまわる。ギンズバーグとウィングフィールド、立ちあがる。

警部　どこへいらっしゃるのです、ミス・ジャクスン？

ブレンダ　失礼させていただきますわ。わたし、家族の一員じゃありませんし、ウィングフィールドさんの秘書というだけで、この集まりの趣旨もさっぱりわかりませんの。みなさんといっしょにくるようにと言われましたけど、警部さんのなさろうというのが、あの事故のこと――あれが事故だったにせよ、自殺未遂だったにせよ、あれについておなじことを蒸しかえそうというだけのことでしたら——それならわたしがここにいても、なんの役にも立ちませんから。

警部　しかしね、おなじことをまた蒸しかえそうというんじゃないんですよ、ミス・ジャクスン。これからある実験をやろうというんです。

ブレンダ　（はたと戸口で足を止めて）実験ですって？　どういう実験ですの？

警部　ギンズバーグ先生が説明してくださるでしょう。まあおかけになってください、ミス・ジャクスン。

ブレンダ、もとの椅子にもどり、すわる。ウィングフィールドとギンズバーグも腰をおろす。

ではギンズバーグ先生、お願いします！

ギンズバーグ　まず、これまでにわたしの聞いていること、知っていることをまとめておいたほうがいいでしょうな。ウィングフィールド夫人は、ここ二カ月ほどわずらっておられたが、その病気の性質には不可解な点があり、それが主治医のホースフィールド先生を悩ませていた。このことは、じかにホースフィールド先生の口から聞いて、わたしも知っているのです。

警部、テーブルの向こう側へ行く。

それでも、病状はこのところはっきりと好転のきざしを見せ、夫人は快方に向かっておられた――ただしいまだに派出看護婦が付き添ってはいましたが。さて、問題の事件当日、いまからちょうど十日前ですが、昼食後、ウィングフィールド夫人は床を出て、たまたま穏やかな、よい天気でもありましたから、ボンド看護婦の手を煩わせ、あけた窓のそばの安楽椅子にすわらせてもらった。退屈しのぎには、本が何冊かと、小型ラジオがあった。こうして、患者の手もとに必要なものがぜんぶそろっていることを確かめたところで、看護婦は家を出て、いつものように午後の散歩に出かけた。そのあとなにがあったかは、まったく推測の域を出ないわけです。

警部、ウィングフィールドの上手側奥へ行く。

しかるに、三時半ごろ、とつぜん悲鳴が聞こえた。階下の部屋にすわっておられたミス・ロスは、窓の外をひとが落ちてゆくのを目撃された。それはお姉さんのウィングフィールド夫人で、自室のバルコニーから転落されたのだった。そのとき、夫人のそばにはだれもいなかったが、おなじ家のなかには、四人のひとがいた。いまここにお集まりの四人のみなさんです。

警部　そこでです、ウィングフィールドさん。ひとつあなたご自身から、そのときなにがあったかを話してはいただけませんか？

ウィングフィールド　そのことならもうたびたびお話ししてきたと思いますがね。わたしは書斎で校正刷りに手を入れていました。そのとき、外から悲鳴と、異様な物音が聞こえてきたんです。あわてて横手のドアからとび出して、テラスに出てみますと――かわいそうに、ジェニーが倒れている。（立ちあがって、テーブルの向こうへ行く）一足遅れてエミリーンがやってき、つづいてウィリアムとミス・ジャクソンも出てきた。われわれは医者に電話し、そして……（声がかすれる）

ギンズバーグ　わたしが――その、わたしが……

警部　いや、わかりました、ウィングフィールドさん。それ以上はお話しいただかなくて結構です。（ブレンダのほうに向きなおり）それではミス・ジャクスン、あなたから見た事件の一部始終を、もう一度お聞かせ願えますかな？

ブレンダ　わたしはウィングフィールドさんから百科事典で調べ物をするように言いつかっておりました。図書室にいるときに、がやがや言う声と、走りまわる足音が聞こえました。それで急いで本を置いて、テラスにおいでのみなさんのそばへ駆けつけたわけです。

警部　（ロスをふりかえりながら）ロスさんは？

ロス　え？　ああ、その話ね――（中央の椅子の下手側、警部のほうへ進みでながら）ぼくは午前ちゅうずっとゴルフに行ってました――いつも土曜日にはゴルフをやるんです。もどってきて、たっぷり昼食を食うと、いささか眠くなってきたんで、階上《うえ》へ行って、横になりました。目がさめたのは、ジェニーの悲鳴を聞いたからです。一瞬、夢のつづきかと思いましたよ。ところがそのうち、下でがやがや騒ぐ声がしだした。そこで窓からのぞいてみると、姉がテラスに倒れていて、みんながまわりをとりかこんでたってわけです。（警部のほうを向いて、腹だたしげに）じっさい、なんでこんなことを何度も何度もくりかえさなきゃならないんですかね。

警部　わたしはただ、あの午後お宅におられたかたのなかで、あのとき起こったことを正確に話せるひとはひとりもいない、この事実を強調したかっただけです。（ちょっと間をおき）そう、ひとりもです――ウィングフィールド夫人ご自身を除いては。

ロス　しかしそいつはわかりきってるじゃないですか、ぼくが最初から言ってるように。つまりジェニーは、実際よりも体力が回復してるように思いこんだんですよ。それでバルコニーに出て、手すりにもたれ、あげくに、なるようになったというわけです。（中央の椅子に腰をおろし、眼鏡をはずして、拭う）まったくもって単純な事故ですよ――だれの身にも起こりうることです。

ウィングフィールド　だれかがそばについていてやるべきだったんだ。（奥の窓ぎわへ行く）わたしは自分を責めていますよ――家内をほったらかしにしておいたことについてね。

エミリーン　でもね、午後はずっと休息をとるってことになってたんですもの、ブライアン。お医者さまのお言いつけだからしかたがないわ。四時半にはまた、みんながお茶で顔をそろえることになってたけど、三時からその時間までは、じっと安静にしているように、ってことだったのよ。

警部　ミス・ロス――（椅子の向こうをまわって、テーブルの向こう側へ行きながら）じつはその事故なんですが、どうもちょっと説明がつけにくいところがある。バルコニーの手すりも折れてはいませんでしたし。

ロス　いや、いや、姉は眩暈を起こして、バランスをくずしたんですよ。あとでその点をテストしようと、手すりから身をのりだしてみましたが、あれなら容易にバランスを失いますね。

警部　ウィングフィールド夫人は、非常に小柄なご婦人です。かりに眩暈に襲われたとしても、それでバランスを失うということはあまり考えられんのですが。

エミリーン　言いたくはないんですけどね、警部さんがそれに疑いを持ってらっしゃるってこと、正しいと思いますわ、わたしも。ジェニーはいろいろ心を痛めたり、悩んだりしていたと思うんです。ですから、発作的にふさぎの虫にとりつかれて……

ウィングフィールド　（舞台手前へむかって、エミリーンの向こう側へきながら）あんたは彼女が自殺をはかったと、そればかりくりかえしているんだな。だがわたしは信じないよ。そんなこと、信じられるものか。

エミリーン　（意味ありげに）でも、ジェニーには、心を痛めるようなことがどっさりありましたからね。

ウィングフィールド　どういう意味だね、それは？

エミリーン　（立ちあがって）どういう意味だか、ようくおわかりになってるはずだけど。（ふたつの椅子の手前を横切り、ブレンダの下手側へ行って）わたしだって目がないわけじゃないのよ、ブライアン。

ウィングフィールド ジェニーは悩んでなんかいなかった。なんにも心を痛めるようなことはなかったんだ。あんた、気のまわしすぎだぞ、エミリーン。おかしな想像をされちゃ困る。

ロス おい、姉貴の言うことなんか気にするな。

ブレンダ (立ちあがって、エミリーンと向かいあいながら) あれは事故よ。もちろん事故に決まってるわ。それをこのひとったら、なんとかして——なんとかして……

エミリーン (ブレンダに詰め寄りながら) あら、なんなのよ。わたしがどうしたっていうの?

ブレンダ あなたのような女が匿名の手紙を書くんだわ——悪意に満ちた中傷の手紙を。自分が男から見向きもされないからといって……

エミリーン まあ、よくもそんなことを!

ロス (立ちあがって、下手奥へ行きながら) やれやれ! 女ってのはすぐこれだ! おい、やめろよ、ふたりとも。

ウィングフィールド (舞台中央手前へきて) どうやらみんな、いささか気が立ってるみたいだ。およそ見当ちがいの議論ばかりしてるじゃないか。いまほんとうに知りたいのは、ジェニーがあの日、どんな精神状態にあったかってことだろう? そこでだ、わたしは彼女の夫だし、彼女をよく知ってる人間として言うんだが、彼女が自殺するつもりだったなんて、そんなことはこれっぽっちも考えられないんだよ。

エミリーン　それはあなたがそう考えたくないため――責任を感じたくないためでしょ！

ウィングフィールド　責任？　責任とはどういう意味だ？

エミリーン　ジェニーをああいう行動に追いやった責任よ！

ロス
ウィングフィールド
ブレンダ
｝（同時に）｛
なに？　それはどういう意味だ？
よくもそんなことを！
嘘だわ！

ギンズバーグ　（立ちあがり、テーブルの向こう側へきて）お静かに――どうかお静かに！

　　ウィングフィールド、ぷいと舞台奥を向く。

こうしてみなさんにお集まりを願ったのは、なにも泥仕合をひきおこすためじゃなかったのですがね。

ロス　(腹だたしげに) そうですかね？　そう言いきれるかな？　(くるりと向きなおり、猜疑の目で警部を見つめる)

ギンズバーグ　そうですとも。わたしの目論見《もくろみ》は、ある実験を行なうことだったんです。

ブレンダ　(ギンズバーグの上手側まできて) それはもううかがいましたわ。でもそれがどういう実験かは、まだうかがってません。

ギンズバーグ　クレイ警部がさいぜん言われたことですが――あの午後なにがあったかを知っているひとは、ひとりしかいないわけです――ウィングフィールド夫人ご自身です。

ウィングフィールド　(嘆息しながら) そして彼女はそれを話してくれることができない。残念なことにね。

エミリーン　そのうち回復したら話してくれるでしょうよ。

ギンズバーグ　ミス・ロス、あなたはどうやら医学的な状況を完全に把握してはおられないようだ。(舞台を横切り、電気装置の下手側へくる)

ブレンダ、テーブル上手側の椅子にすわる。

ひょっとすると数ヵ月――あるいは数年もかかるかもしれないのですよ、ウィングフィールド夫人が現在の麻痺状態から抜けだされるまでには。

ウィングフィールド　(ギンズバーグの下手側へむかって進みでながら) まさかそんなことが……

ギンズバーグ　いや、そうなんです、ウィングフィールドさん。細かい医学的説明は避けますが、精神的ショックを受けて目が見えなくなり、そのまま十五年も二十年も視力をとりもどさない、などという例はよくあります。同様に、体が麻痺したり、歩行不能になったりして、おなじくらいの期間、回復しないという例もあります。(ウィングフィールドの向こうをまわって、テーブル上手側の椅子と、舞台中央の椅子とのあいだへ行く) ときにはまた、べつのショックが、思いがけなく回復をもたらすこともあります。ですが、そこには一定の法則というものはありません。(警部に) お手数ですが、ベルを押していただけませんか?

警部、下手手前のドアに歩み寄り、その手前にあるベルを鳴らす。

ウィングフィールド　どうもよくわかりませんな、先生――いったい先生がなにを狙っておられるのか。（ギンズバーグと警部とを見くらべる）

警部　いまにおわかりになりますよ、ウィングフィールドさん。

ギンズバーグ　ちょっとすみません、ミス・ジャクスン……

ブレンダ、立ちあがる、ギンズバーグはエミリーンのハンドバッグをとりのけながら、テーブル上手側の椅子をテーブルに近づけ、バッグを中央にいるエミリーンに渡す。

エミリーン　あら、すみません。（上手手前へくる）

ギンズバーグ、舞台中央の椅子をとりあげて、それを下手の二カ所のドアの中間に置き、ついで窓ぎわへ行って、ベネチアンブラインドをとじる。照明、暗くなる。ギンズバーグは舞台奥の明かりのスイッチを入れる。

ギンズバーグ　警部、お願いします。

警部、舞台手前の明かりのスイッチを入れる。

ランセンが下手奥のドアをあけ、手押し車に乗せた患者をひきだしてくる。看護婦があとにしたがう。ふたりは手押し車を舞台中央手前にひきだし、患者の頭が下手側にくるように、フットライトと平行に置く。患者の頭には厚く包帯が巻かれ、わずかに両眼と鼻しか見えない。患者はまったく身動きせず、目はひらいてはいるものの、視線は動かない。看護婦は患者の頭から二フィートほど離れたところに立つ。ランセンは電気装置をぐるりとまわして、患者に近づける。ギンズバーグは手押し車の向こう側中央にくる。

ウィングフィールド　(手押し車の向こう側下手寄りに近づきながら)ジェニー、わたしだ！　わかるか？

エミリーンも進みでるが、声はかけない。

ブレンダ　(テーブル上手寄りの椅子の向こうにまわり) いったいこれはどういうことですの？　なにが始まるんですか？

ウィングフィールド、中央奥のギンズバーグに向きなおる。

ギンズバーグ　さいぜんも申しあげたとおり、ウィングフィールド夫人は、完全に体が麻痺しておられます。動くことも口をきくこともできません。

ウィングフィールド、舞台奥を向く。

しかし、あの日に起きたことを奥さんが認識しておいでだという点では、われわれの意見は一致しているのです。

ブレンダ　奥さんは意識がありませんのよ。意識がないまま——ええと——何年も経過することがありうるって、先生、おっしゃったじゃありませんか。

ギンズバーグ　意識がないと申しあげたつもりはありませんがね。ウィングフィールド夫人は、動くことも口をきくこともおできにならないが、しかし、見たり聞いたりすることはできるんです。それに、わたしの見たところ、頭のほうもすこしも鈍ってはおられない。なにがあったかは、すべてわかっておいでなんです。できればそれをわれわれに伝えたいとも思っておいででしょうが、如何せん、それがおできにならない。

ウィングフィールド　われわれの言ってることが聞こえるんですって？　われわれの話しかけることや、考えてることがわかると、そうおっしゃるんですね？

ギンズバーグ　そう思います。

ウィングフィールド　(患者の頭近くに歩み寄り)ジェニー！　ジェニー、わたしだよ！　聞こえるか？　さぞつらいことだろうが、じきにすっかりよくなるからね。

ギンズバーグ　ランセン！

ウィングフィールド、舞台奥へ退く。

ランセン　(電気装置を調節しながら)用意はできています、先生。そちらさえよければ、いつでも。

ギンズバーグ　ウィングフィールド夫人は、われわれに意志を伝達することができない、そう申しましたが、じつはひとつだけ方法がないでもないのです。ずっと夫人の治療にあたってきたザルツバーゲン医師は、たまたまこの種の麻痺の専門家ですが、これが夫人の右手の指に、ほんのわずか動く力があることを認めました。ごくかすかなもので——ほとんど気づかれないほどの動きです。腕をあげたり、なにかを持ちあげたりすることはできませんが、右手の二本の指と親指、これをほんのわずか動かすことならできるのです。そこで、ここにいるランセン君が、ある種の電動式の装置を用意してくれました。

ロスがギンズバーグの向こうを通り、患者の頭の下手寄り向こう側へ行く。

ごらんのとおり、ここに小さなゴムのバルブがついています。このバルブを押すと、装置の表面に赤ランプがともります。ごく軽く力を加えただけでも、これは働きます。頼むよ、ランセン！

ランセン、二度バルブを押す。赤ランプが二度つづけて装置の上で明滅する。

（看護婦に）きみ、患者の右腕を出して。

看護婦、手押し車の手前へきて、患者の腕を上掛けの上に出し、つづいて患者の向こう側、ギンズバーグの下手へ行く。

ランセン、親指と二本の指のあいだだ。そっとな。

ランセン、患者の右手にバルブを握らせ、電気装置のほうへ行く。

さて、これからわたしがウィングフィールド夫人にいくつかの質問をします。

ロス　質問をする？　どういう意味だ。なにについて質問するっていうんです？

ギンズバーグ　あの土曜の午後に起きたことについて質問するんですよ。

ロス　（テーブルの向こうをまわって、下手手前の警部に詰め寄りながら）さてはきさまがたくらんだことだな？

ギンズバーグ　この実験は、ランセン君とわたしとの提案によるものです。

ウィングフィールド　（患者の頭部の向こう側にきながら）しかし、たんなる筋肉の痙攣かもしれないものに、多少でも信をおくなんてことができるんですかね？
ギンズバーグ　奥さんに答えることがおできになるかならないかは、すぐにわかること
だと思いますよ。
ウィングフィールド　納得できんな！　危険な影響があるかもしれん。回復が遅れるこ
とも考えられる。わたしは承服できません！　こんな実験に同意するわけにはいか
ない。
ブレンダ　（警告するように）ブライアン！　（舞台奥を向き、ウィングフィールドと
見つめあうが、そこで警部が見まもっているのを感じとって、テーブル上手の椅子
に歩み寄り、腰をおろす）
ギンズバーグ　ウィングフィールド夫人の身体条件には、まったく悪影響がないよう注
意することをお約束しますよ。（看護婦に）きみ！
　ウィングフィールドはふたつのドアの中間へと退く。看護婦が進みでて、患
者のそばに座を占め、その手首を握る。
いいかね、わずかでも危険な徴候が見えたら、処置はわかっているだろうな？

看護婦　はい、先生。（患者の脈をとる）

警部、看護婦の下手に近づく。

ブレンダ　（なかば独白のように）気に食わないわ——どう考えても気に入らないわ。
エミリーン　そりゃあなたはね、たしかに気に食わないでしょうよ。
ブレンダ　じゃああなたはどうなの？
エミリーン　わたしはおもしろいんじゃないかと思ってるけど。（上手手前の椅子のところへきて、すわる）
ロス ｝（同時に）｛ぼくはこんなこと、一瞬たりと……
ウィングフィールド ｝（同時に）｛警部さん、わたしとしては……
警部　まあまあ、お静かに！　これからはぜったいに声をたてないように。先生が実験を始めようとしておられますから。

ウィングフィールド、ドアの中間の椅子に腰かける。ロス、舞台下手寄り手前へくる。間。

ギンズバーグ　ウィングフィールド夫人、あなたはあやうく一命をとりとめられ、いまは快方に向かっておられます。体の傷は治りかけていますが、あなたが麻痺状態に陥られ、動くことも口をきくこともおできにならないのは、われわれも承知しています。そこでです。あなたにお願いしたいのですが――

ウィングフィールド、立ちあがる。

――もしもわたしの言うことがおわかりになりましたら、どうか指を動かして、そのバルブを押していただきたいのです。やっていただけますか？

わずかな間。それから患者の指がかすかに動いて、装置に赤ランプがともる。家族四人が、そろってはっと息をのむ。警部はいまでは患者ではなく、彼ら四人を仔細に見まもっている。いっぽうギンズバーグは、患者に注意を集中している。ランセンは装置に専念し、赤ランプがつくたびに、満足げににっこり笑う。

あなたはいままでわたしたちの話していたことを聞き、かつ理解しておられますね、ウィングフィールド夫人？

赤ランプ、一度つく。

結構です。では、つぎにこれをお願いしたい。わたしの問いにたいする答えが〝イエス〟の場合には、バルブを一度押してください。答えが〝ノー〟の場合には、二度押す。わかりますね？

赤ランプ、一度つく。

はい。それではウィングフィールド夫人、〝ノー〟をあらわす合図は？

赤ランプ、二度たてつづけにつく。

はい。これでみなさんにも、ウィングフィールド夫人がわたしの言うことを理解しておられ、質問にも答えられる状態にあるのがおわかりいただけたと思います。それでは、十四日の土曜日のことに話をもどしましょう。その午後に起きたことは、はっきり覚えておられますか？

赤ランプ、一度つく。

わたしはできるだけあなたのお疲れがすくないよう、質問に配慮するつもりです。そこで申しあげるのですが、たしかあの日は、昼食のあと床を離れられ、ここにいる看護婦の手を借りて、窓ぎわの椅子にすわられたのでしたね？　窓はあいていて、あなたはその部屋にひとりきりでおられ、四時半まで安静にしておられることになっていた。まちがいありませんね？

赤ランプ、一度つく。

実際には、すこし眠られたのですね？

赤ランプ、一度つく。
それから目をさまされて……
赤ランプ、一度つく。
バルコニーに出られた？
赤ランプ、一度つく。
手すりにもたれて……
赤ランプ、一度つく。
バランスを失い、転落された？

間。ランセン、装置を調節しようと、かがみこむ。

ちょっと待て、ランセン！　バルコニーから落ちましたね？

赤ランプ、一度つく。

だが、バランスを失ったのではない。

赤ランプ、一度つく。一同、また息をのむ。

眩暈にでも襲われて、気が遠くなられた？

赤ランプ、二度つく。

ウィングフィールド　警部さん、わたしは……

警部　しいっ！

　ウィングフィールド、横を向く。

ギンズバーグ　ウィングフィールド夫人、いよいよあなたから、そのとき起こったことを話していただかねばならないところへきました。これからわたしがアルファベットを順に唱えますから、おっしゃりたい言葉の文字のところで、バルブを押してください。では始めますよ。A、B、C、D、E、F、G、H、I、J、K、L、M、N、O、P……

　赤ランプ、一度つく。

〃P〃の字をあなたは指示されました。ではここで、思いきって臆測をたくましゅうして――もし的中していたら、どうかそうおっしゃってください。あなたが考えておいでの言葉は、〃押された《プッシュト》〃ですか？

赤ランプ、一度つく、一同、ざわめく。ブレンダは顔に手を押しあて、身を縮める。ロスは悪態をつく。エミリーンひとり落ち着いている。

ブレンダ　嘘だわ。そんなことありえない！

ロス　なんてこった！

ウィングフィールド　いんちきだ、こんなの！

ギンズバーグ　お静かにお願いします。患者を興奮させたくはありませんのでね。ウィングフィールド夫人、どうやらまだおっしゃりたいことがおありのようだ。もう一度アルファベットを唱えます。A、B、C、D、E、F、G、H、I、J、K、L、M……

赤ランプ、一度つく。

Mですね？〝M〟の字なら、あとに母音がつづくと考えていいでしょう。どの母音ですか？A、E、I、O、U？

赤ランプ、一度つく。警部は装置の向こう側、ランセンの上手に近づく。

M――U、ですね？

赤ランプ、一度つく。

では、つぎの文字は〝R〟ですか？

赤ランプ、一度つく。警部とギンズバーグ、目を見あわせる。

M――U――R……ウィングフィールド夫人、あなたはあの午後起きたことは事故ではなかった、そう言おうとなさっておられるのですか？　あれは殺人未遂《マーダー》だったと、そうおっしゃりたいのですか？

赤ランプ、一度つく。たちまちすさまじい反響。

ブライアン
ブレンダ
エミリーン
ロス
（同時に）

信じられん！ とうてい信じられん。ありえないことだ、まったくありえない！

嘘だわ。なにを言ってるんだかもわからずに言ってるんだわ。

（立ちあがり）ばかばかしい。ジェニーには自分のしていることがわかっていないんです。

殺人！ 殺人だと！ 殺人のはずがあるものか！ だれかが侵入したとでもいうのか？

ギンズバーグ　お静まりください。どうかお静かに！

エミリーン　ジェニーには自分の言ってることがわかっていないんですよ。

警部　わたしはわかっておいでだと思いますがね。

ギンズバーグ　ウィングフィールド夫人、だれか見知らぬ人間が外部から忍びこんで、あなたを襲ったのですか？

赤ランプ、二度勢いよく明滅する。

では、あなたを突き落としたのは、家のなかのだれかなんですか？

ちょっと間があり、それから赤ランプ、一度つく。

ウィングフィールド　ばかな！

赤ランプ、たてつづけに数回明滅する。

看護婦　先生、脈搏が速くなっています。

警部　（ギンズバーグに歩み寄りながら）もうあとわずかだ。犯人の名を訊かなくては。ギンズバーグ　ウィングフィールド夫人、だれがあなたを突き落としたか、わかっておいでですか？

赤ランプ、一度つく。

名前の綴りを言います。よろしいですね？

赤ランプ、一度つく。

はい。A、B……

赤ランプ、一度つく。

B。まちがいありませんか？

赤ランプ、数回明滅。

看護婦　先生！　虚脱が始まりました。

ギンズバーグ　いかん。これ以上は無理だ。（看護婦に）きみ！

看護婦、舞台奥のワゴンに歩み寄り、注射器を持ってひきかえしてくると、それをギンズバーグに渡す。ブレンダ、テーブル上手側の椅子に腰かける。

ご苦労だった、ランセン。（アンプルを切り、注射器を満たして、患者の腕に注射する）

ランセン、電気装置のスイッチを切り、患者の手からバルブをとって、壁のプラグを抜く。それから、装置を舞台奥のカーテンで仕切られた小室へ押して行き、自分は下手手前より出てゆく。ロス、テーブルおよび患者の向こうを横切り、上手手前へきて、舞台奥を向いてすわる。看護婦、注射器を舞台奥のワゴンにもどす。警部は患者の手前へきて、背を客席にむけて立つ。

（看護婦に）きみ、滅菌器のプラグを抜いてくれないか。

看護婦　はい、先生。

看護婦、滅菌器のプラグを抜く。ギンズバーグ、ワゴンの上手側へ行き、看護婦とともにワゴンを上手の壁ぎわへ押してゆく。

ウィングフィールド 家内はだいじょうぶでしょうか。

ギンズバーグ 緊張と興奮とがいくらか大きすぎたんでしょうな。しかしご心配はいりません。しばらく休んでいただく必要がありますが、三十分もすれば、また始められるでしょう。

ウィングフィールド 再開することには反対ですね。危険が大きすぎます。

ギンズバーグ それについては、わたしが最適の判断をくだせる立場にあることを認めていただきたいですな。ちょっと奥さんをあの窓ぎわにお運びしましょう。あちらのほうが落ち着けるでしょうから。

ギンズバーグ、看護婦に手伝わせて、手押し車を舞台奥へ押してゆき、患者の頭を下手奥のドアにむけて据える。看護婦が車の頭のほうをひく。

エミリーン (テーブルの手前を通って、その下手側へ行き) ジェニーがだれのことを言ってたのか、ほとんど疑問はないんじゃない? 〝B〟よ。(ウィングフィールドを見やる) ほとんど疑問はないわ。そうでしょ、ブライアン?

ウィングフィールド (テーブルの向こうへきて) あんたはいつだってわたしを憎んで

たな、エミリーン。いつもわたしに怨念をいだいてきた。いまこの場ではっきり言わせてもらうがね、わたしは妻を殺そうとした覚えなんかないよ。
エミリーン　じゃあ、そこにいる女と浮気してたってことも否定するつもり？　（ブレンダをゆびさす）
ブレンダ　（立ちあがって）嘘だわ。
エミリーン　嘘なもんですか。このひとに夢中だったくせに。
ブレンダ　（わずかに舞台奥へ行き、一同のほうを向いて）いいわ、じゃあ言います。いいえ、たしかにこのひとを愛してはいました。でもそれは、もうとっくに終わったこと。このひとは本気でわたしを好きになってくれたわけじゃないの。（正面を向いて）もうなにもかも終わったことよ。ええ、いっさいは終わったんだわ！
エミリーン　もしそうなら、依然として彼の秘書を務めてるのって、おかしくはない？
ブレンダ　辞めたくなかったんですもの。ええ、いいですとも――はっきり言うわ！（激情的に）彼のそばを離れたくなかったのよ、別れてからも。（テーブル上手の椅子に腰をおろす）
エミリーン　そしてたぶん、こう考えたんでしょうね――もしも邪魔者のジェニーがいなくなったら、ねんごろに彼を慰めてあげて、やがては第二のウィングフィールド夫人におさまろう……

ウィングフィールド　おいエミリーン、いいかげんにしてくれ！

エミリーン　ひょっとすると、あの〝B〟って、ブレンダのBかもしれないわね。

ブレンダ　恐ろしいひと！　ぞっとするわ。よくもそんなでたらめが言えるものね。

ロス　（立ちあがり、警部の向こう側を横切って、ウィングフィールドの上手側へ行きながら）ブライアン——それにブレンダ。たしかにあんたたちふたりのどっちかに絞られてきたみたいじゃないか。

ウィングフィールド　わたしはそうは思わんね。〝B〟ってのは弟《ブラザー》のBかもしれないじゃないか。でなけりゃ、ビルの？

ロス　姉貴はぼくをウィリアムとしか呼んだことがないよ。

ウィングフィールド　なんにしろ、ジェニーが死んで得をするのはだれなんだ。わたしじゃない。あんただ。あんたとエミリーンだ。あんたたちふたりにジェニーの遺産は渡るんだからな。

ギンズバーグ　（一歩舞台手前へ進みでながら）さあさあ——どうかお静かに！

ウィングフィールド、ぷいと舞台奥を向く。

ここでそんな口論をしていただいちゃ困りますな。（看護婦に）きみ、みなさんを階下の待合室にご案内してくれたまえ。

看護婦　はい、先生。（ロスの向こう側を横切る）

ロス　（ギンズバーグに向きなおって）あんな狭い部屋にとじこめられて、おたがいののしりあうのでは、なおかないませんよ。

警部　療養所の構内なら、どこへ行かれても結構です。しかし、外へはお出にならんように——どなたもですぞ。（鋭く）おわかりですか？

ブライアン　わかりましたよ。

ロス　ええ。

エミリーン　わたしは出ていこうなんて思いもしません。なんのやましいところもありませんからね。

ブレンダ　（エミリーンに近寄りながら）あらそう？　わたしは——あなたがやったと思ってるんだけど。

エミリーン　（きっとなって）どういう意味、それは？

ブレンダ　あなたはお姉さんを憎んでた。いつだって憎んでたはずよ。それに遺産ももらえる――あなたと弟さん、ふたりとも。

エミリーン　わたしの名前は、〝B〟で始まってはいませんからね、ありがたいことに。

ブレンダ　（興奮した口調で）そうね――でも必ずしも〝B〟がつく必要はないはずよ。（警部に向きなおって）たとえばの話、結局のところミセス・ウィングフィールドは、自分をバルコニーから突き落としたひとを見てはいなかったとしたら、そしたらどうでしょう。

エミリーン　見たと当人が言ってるのよ。

ブレンダ　でも、もしかして見ていなかったとしたら？（警部の下手側へむかって舞台を横切りながら）おわかりになりません？――それがミセス・ウィングフィールドにとって、どれだけ強い誘惑だったか。奥さんはブライアンとわたしとのことを嫉妬してらした――ええ、そうです、ご存じだったんです、わたしたちのこと――それで嫉妬してらした。ところがここで、あの機械のおかげで――（と、身ぶりで電気装置をさして）わたしたちに――わたしに――復讐する機会ができた。とすると、おわかりでしょう？「ブレンダがわたしを突き落とした……」そう言ってのけられるってこと、それがどんなに大きな誘惑だったか。ね、たぶんそうですわ――そんなふうなことだったんですわ！

警部　それはちとこじつけのようですな。
ブレンダ　いいえ、こじつけじゃありません！——嫉妬にかられた女にとっては。あなたはご存じないんです——女が嫉妬にかられるとなにをしでかすか。それに、奥さんはずっと部屋にとじこもったきりだった。とじこもって——疑って——邪推して——わたしたちの仲がまだつづいてるかどうか、そのことばかり思いつめていたんです。こじつけじゃありませんわよ。容易に考えられることですわ。（ウィングフィールドを見やる）
ウィングフィールド　（思案げに）なるほど考えられないことじゃない。そうですよ、警部さん。
ブレンダ　（舞台中央に歩み寄りながら、エミリーンに）そしてあなた、あなたはたしかに奥さんを憎んでいた。
エミリーン　わたしが？　実の姉を？
ブレンダ　あなたが奥さんを見る目つき、たびたび見てますもの。あなたはむかしブライアンと愛しあっていた——婚約寸前までいってたそうじゃない——ところがそこへ、海外に行ってたジェニーが帰ってきて、あなたから彼を奪った。（テーブルの上手にきて、エミリーンと向かいあいながら）ええそうよ、いつぞや奥さんからすっかり聞かせてもらったの。あなたは彼を思いきれなかった。それ以来ずっと、お姉さんを恨んできたのにちがいないわ。あの日、あなたはお姉さんの部屋にはいっていって、お姉さんがバルコニーの手すりにもたれているのを見つけると、千載一遇の好機とばかりに、後ろから忍び寄って、そして――（身ぶりをまじえて）突き落とした……

エミリーン　警部さん！　こんなこと言わせて、ほうっておくつもりなんですか？

警部　わたしとしては、制止したくない気持ちなんですよ、ミス・ロス。非常に示唆《しさ》に富んでいると思っている次第で。

ギンズバーグ　とにかくみなさん、この部屋からはお出になってください。患者さんに休息をとっていただく必要がありますから。あと二十分ほどしたら、また実験をつづけられると思います。（舞台裏の明かりのスイッチのところへ行き、照明の一部を消す）看護婦にみなさんを階下へご案内させますから。

看護婦、下手手前のドアへ行く。

看護婦　どうぞ。（下手手前のドアをあける）

ロス、エミリーン、ウィングフィールド、ブレンダ、出てゆこうとする。

警部　ミス・ロス、ちょっとお待ちいただけますか？

一同、立ち止まる。それからブレンダが退場、つづいてロス、看護婦、ウィングフィールドが退場する。

エミリーン　はい、なんでしょう？

警部、テーブル上手側の椅子を、さらにすこし上手へと動かす。エミリーン、それにすわる。警部、テーブルの向こうへ行く。

警部　ひとつふたつ、あなたにおたずねしたいことがあります。ただ、ご兄弟に間《ま》の悪い思いをさせたくなかったので……

エミリーン　（けわしくさえぎって）ウィリアムに間の悪い思いをさせる、ですって？

警部さんはあの弟の人柄をご存じないんですわ。彼にはおよそ自尊心ってものがないんです。お金のためなら、だれにでも見さかいなく頭をさげる。しかもそのことを、すこしもきまりわるがらずに認めるようなひとですから！

警部　（丁重に）それはすこぶる興味ぶかいお話で――ですが、これからあなたにおたずねすることに関して、間の悪い思いをさせるんじゃないかと考えたのは、あなたの義理のご兄弟のことなんですよ。

テーブル上手側の端に腰かける。ギンズバーグ、中央手前にくる。

エミリーン　（いくらか虚を衝かれた面持ちで）ああ、ブライアンのことですか。なにをお訊きになりたいんです？

警部　ミス・ロス、あなたはご家族のことならなんでもご存じのはずです。あなたのような――その――知的なかたは、家庭内の出来事に目をくらまされるようなことはありませんからな。あなたのお姉さんと義理のお兄さんの生活、ご夫婦の仲はどんなふうだったかということ、それをあなたは知悉《ちしつ》しておられる。これまでは、あなたがなるべく口をつぐんでいようとしてこられたことは、それなりに筋が通っていた。ですがいまは、われわれのいだいている疑惑にあなたも気づいておられるはずだし、それがたったいま、ああいうかたちで裏づけられたとなると――そうです、事態はちがってきます。

エミリーン　ええ、そうでしょうね。そうは思われませんか？　（ハンドバッグを椅子の上手側の床に置く）で、わたしになにを話せとおっしゃるんですか？

警部　（立ちあがり、テーブルの下手側へ行って）例のウィングフィールド氏とミス・ジャクスンの情事ですが、真剣なものでしたか？

エミリーン　彼の側は本気じゃありませんでした。彼の浮気って、いつもそうなんです。

警部　（テーブルの向こう側をまわりながら）実際に情事と呼べるようなものがあったんですね？

エミリーン　もちろんですわ。彼女が言ったことをお聞きになったでしょう？　それを認めたも同然じゃありませんか。

警部　あなたはご自身でそれを事実としてご存じなんですね？

エミリーン　それを証明する証拠なら、いくらでも聞かせてあげられますわよ。でも、そうするつもりはありません。わたしの言葉をそのまま受け取っていただくほかありませんわね。

ギンズバーグ、患者の足もとのほうへ行く。

警部　それが始まったのは——いつです？

エミリーン　一年ほど前です。

警部　で、ウィングフィールド夫人も、それに気づかれた？

エミリーン　ええ。

警部　そのときのお姉さんの態度は？

エミリーン　ブライアンを責めました。

警部　(テーブルの向こう端に腰かけながら) で、ウィングフィールド氏は？

エミリーン　否定しましたわ、むろん。姉の邪推だって言いました。男って、ほんとにずるいんだから！　なんでも舌先三寸で言い抜けてしまうんです！

警部とギンズバーグ、目くばせをかわす。警部はテーブルをまわって肘かけ椅子の向こうへ行く。

姉はあの娘をクビにさせたがりました。でも、ブライアンが承知しなかった――有能な秘書で、手ばなすのは惜しいって。

警部　しかしウィングフィールド夫人は、そのことで非常な打撃を受けられた？

エミリーン　ええ、とても。

警部　悲嘆のあまり、自ら命を絶つ決心をされるぐらいに？

エミリーン　姉が健康で、気丈でいたときなら、そんなことはなかったでしょうけどね。でも病気以来、気が弱くなっていましたから。

ギンズバーグ、舞台中央、エミリーンの下手寄り向こう側にくる。

それに、あれこれ気をまわして――いろんな想像をしたり……

ギンズバーグ　（興味を示して）どういう想像です、ミス・ロス？

エミリーン　ただの想像ですわ。

警部　あの午後のことですが、なぜウィングフィールド夫人は、ひとり置きっぱなしにされていたんでしょうね？

エミリーン　姉がそれを望んだからです。わたしたちのだれかが、いつもついていてあげようと言うんですけど、姉は本もラジオもあるからと言って……どういうわけか、ひとりでいるのが好きなんです。

警部　看護婦に外出を許したのは、どなたのお考えですか？

ギンズバーグ　それは派出看護婦を雇う場合の決まりです。毎日、午後に二時間のお休みが与えられることになっています。

警部　（テーブルの手前をまわって、エミリーンの上手へ行きながら）ミス・ジャクスンは、ウィングフィールド氏とのいわゆる情事について、〝もうとっくに終わったこと〟と言っています。そうじゃないとあなたはお考えなんですか？

エミリーン　ふたりはしばらく前に別れたと、そうわたしも思ってます。でなければ、すごく用心ぶかくやってたのか。でも、あの事故が起きたときには、たしかにまたよりがもどってたんですよ。ええ、そうですとも！

警部　ばかに確信がおありのようですな。

エミリーン　わたしはおなじ家に住んでるんですから。（ちょっと間をおき）そんならこれをお目にかけましょう。（バッグをとりあげ、一枚の紙片をとりだして、警部に渡す）ホールのテーブルの上の、明朝《みんちょう》の花瓶から見つけたんです。どうやらあれを郵便箱がわりにしていたみたいで。

ギンズバーグ、警部の下手に寄る。

警部　どうも彼女が感づいた ようだ。(読む)「ダーリン、われわれは用心しなきゃいけない。どうも彼女が感づいたようだ。B」(ギンズバーグを見やる)

エミリーン　まちがいなくブライアンの筆跡です。これでおわかりになったでしょ!

ギンズバーグ　(警部の向こう側を舞台中央にきながら)わたしから一、二質問してもかまいませんか?

警部　いいですとも、先生。どうぞどうぞ。(テーブルの向こうへ行き、さらに肘かけ椅子の下手へまわる)

ギンズバーグ　さっきおっしゃっていた〝想像〟というのに興味があるんですがね、ミス・ロス。お見受けしたところ、ある特定の想像にお心あたりがあるようですな。

エミリーン　ただの病人にありがちな空想ですわ。ご承知のとおり、姉はわずらっておりました。自分でも、思いのほか回復がはかばかしくないという感じをいだいていたんです。

ギンズバーグ　そして、それには理由があると考えておられた?

エミリーン　いえ。ただ――ちょっと混乱していただけで。

警部　（テーブルにのりだし、一語一語に力をこめて）それには理由があると考えておられたんですな？

エミリーン　（落ち着かなげに）ええ――まあそうです。

ギンズバーグ　（静かに）ふたりに毒を盛られていると考えておられたんだ。そうでしょう、ちがいますか？

間。警部はテーブルに腰かける。

エミリーン　（しぶしぶ）ええ。

ギンズバーグ　夫人がそうおっしゃったんですね？

エミリーン　ええ。

ギンズバーグ　で、あなたはなんと答えられた？

エミリーン　もちろんそんなこと、ばかげた妄想だと申しました。

ギンズバーグ　なんらかの手段をとられなかったのですか？

エミリーン　どういうことでしょう。

ギンズバーグ　そのことを主治医と話しあわれましたか？　飲食物を分析させるとか？
エミリーン　(愕然として)もちろんそんなことといたしません。ただの病人の妄想にすぎないんですから。
ギンズバーグ　しかし、それはよくあることですよ。一般に知られているよりも、はるかに多く起きていることです。砒素中毒――まあだいたい、使われるのは砒素ですが――この中毒症状は、ありふれた胃の障害とほとんど区別がつきませんからね。
エミリーン　ブライアンはそんなことをするひとじゃありません――ありえませんわ、そんなこと。
ギンズバーグ　あるいは、女性のほうがやったことかも。
エミリーン　そうです！　そうです、きっとそうですわ。(溜め息をついて)でも、もういまとなっちゃ、つきとめようがありませんわね。
ギンズバーグ　(患者の手前へ行きながら)それはお考えちがいですよ、ミス・ロス。つきとめる方法ならいくらでもあります。砒素の痕跡は患者の毛髪にあらわれますからね。あるいは爪にも……
エミリーン　(椅子の上手側に立ち、舞台奥を向いて)いいえ信じられません！　ブライアンがそんなことをするなんて信じられません！　(憤然と警部のほうに向きなおり）まだわたしにご用がございますか、警部さん？

警部　いえ、ありません。

エミリーン、さいぜんの紙片をとりにテーブルのほうへ行きかけるが、警部がすばやくテーブルの下手側に立ちあがり、それをとりあげる。

これはお預かりしておきます。証拠ですから。

エミリーン　ええ、そうですわね。

エミリーン、下手手前より退場。

ギンズバーグ　（テーブルの向こう側で、手をこすりあわせながら）まあちょっとした収穫がありましたな。

警部　（肘かけ椅子に腰をおろしながら）まあね。（紙片をながめる）ホールの明朝の花瓶からか。おもしろい。

ギンズバーグ　やっこさんの筆跡なんですね？

警部　そうです、ブライアン・ウィングフィールドの筆跡にまちがいありません。じっさい、あれでなかなかの女たらしなんですな。当たるをさいわいなぎたおし、ってところですよ。不幸なことに、相手のご婦人がたが、みんなそれを本気にとっちまった。

ギンズバーグ　見たところ、それほどもてるようにも思えないんですがね。なんですか歴史小説とやらを書いてるんでしょう？　非常に博識で……

警部　歴史にはね、いやってほどの汚点が隠されてるものなんですよ。ああ、すみません……（自分がギンズバーグの椅子を占領しているのに気づき、立ちあがって、テーブルの手前を、その上手側の椅子の上手へとまわる）

ギンズバーグ　いや、どうも。（肘かけ椅子にすわる）すると、あれはまだ完全に終わったわけではなかった、と！

警部　おもしろいもんです――興奮して、おたがいののしりあってるもの同士、ああして四人集めてみると……あるいは、ひそかに敵意と悪意をいだいている女性をひとりきりにして、洗いざらい秘密をぶちまけるよう誘導してやると、きまってこれぞという手がかりがころがりこんでくる。そうは思いませんか？

ギンズバーグ　すでに手もとにあるものに加えてね。で、どんな収穫がありました？

警部 (ほほえんで) 二、三の確固とした動かしがたい事実だけですがね。(テーブル上手側の椅子に腰をおろす) 金銭的な面は、すでに調べてみました。ブライアン・ウィングフィールドは貧乏人、奥さんは金持ち。奥さんには、夫を受取人とした生命保険がかかっている——まあたいした額じゃありませんが、もし彼が再婚したければ、そのための資金ぐらいにはなる。奥さんの財産は、信託財産として譲られたもので、もし彼女が子供がないままに死亡すれば、弟と妹とで分けられる。弟は放蕩者で、いつも金持ちの姉さんから金をひきだそうとしている。ブライアンから聞いたところでは、前に一度、奥さんは弟に言ったそうです——もうこれ以上あんたに金は出さないってね。(思慮ぶかげに) しかしまあわたしに言わせれば、きっとまた出してやることになってたはずです——結局はね。

ギンズバーグ じゃあ、つまるところだれなんです? "B" はブライアンのBですか? ブレンダのBですか? 弟《ブラザー》ビルのBですか? それとも "B" のつかないエミリーン?

警部 (立ちあがり、中央へきながら) そう、"B" のつかないエミリーン——エミリーン? いや、ちょっと待ってくださいよ——たしか、さいぜんここで、みんながまだこの部屋にいるうちに耳にしたことが……だめだ、思いだせない。

ギンズバーグ　強盗《バーグラー》のBってことは考えられませんかね？

警部　いや、それはぜったいにありえません。その点については、決定的な証拠があります。道路は家のすぐ前を通っていて、そこには立ち番ちゅうの巡査がおりました。道路の左右および家の表門は、直接その巡査の目の届く範囲内にあったわけです。だれもその午後、家に出入りしたものはおりません。

ギンズバーグ　ねえ警部さん、あなたはわたしに協力をもとめられた。それなのに、ご自分の手持ちのカードをテーブルにひろげることについては、ばかに慎重でいらっしゃる。さあ、白状しておしまいなさい！　あなたはどうお考えなんです？

警部　問題はどう考えるかじゃありません。（テーブル上手側の椅子にすわる）わたしは知っているんです。

ギンズバーグ　なんですって？

警部　あるいはまちがっているかもしれない。ですが、そうは思いません。あなたも考えてごらんなさい。

ギンズバーグ、指を折りながら考えこむ。

時間はまだ七分あります。

ギンズバーグ　あっ、そうか！　なるほど。（立ちあがり、患者の向こう側下手寄りへ行く）

警部も立ちあがり、患者の上手側へ行く。

警部　ウィングフィールド夫人――ウィングフィールド夫人、ご協力に感謝しますよ。これからいよいよ実験のきわどい段階にさしかかりますからね。いいですか、奥さん、しばらくあなたをここに置き去りにします――一見、無防備に見せかけるわけです。容疑者はだれも、あなたがきのうから話す力をとりもどしておられたことは知らない。あなたが実際には、あなたをバルコニーから突き落とした人物を見てはいないことを知らない。これがなにを意味するかおわかりですか？

患者　あのひとたちのうちのだれかが――だれかがきっと……

警部　だれかが、まずまちがいなくこの部屋に忍びこんでくるでしょう。

ギンズバーグ　だいじょうぶですか？　必ずやりとおせる自信はありますか、奥さん？

患者　ええ、ええ。あたしはどうしても知りたいんです――いったいだれが……

警部　ご心配なく。われわれがすぐそばに控えていますから。もしだれかがあなたに近づいたり、手をかけようとしたりしたら……

患者　どうすればいいかはわかってます。

警部　ありがとう、奥さん。あなたは見あげたご婦人だ。あとほんのわずか、勇気を持ちつづけていてくだされば、殺人者を罠《わな》にかけることができるんです。わたしを信頼してください。わたしたちふたりを信頼してください。いいですね？

ギンズバーグ　用意はいいですか？

ふたりは手押し車を舞台手前へひきだす。

警部　いいです。

ギンズバーグ　（下手手前のドアへ向かいながら）じゃあ、わたしのオフィスにおいでになりませんか。（ドアをおさえてあけたまま）こうして毒害の疑いが出てきたからには、いままでのファイルぜんぶに目を通されたいでしょうから。

警部　（下手手前のドアへ行きながら）ええ。もしできれば、例のX線の原板も、もう

一度拝見したいですな。（舞台手前の明かりのスイッチを切る）

ギンズバーグと警部、下手手前より出て行く。出しなに廊下の明かりも消す。〈溶暗〉のなかで、看護婦が手に小さな注射器を持ち、舞台下手奥より登場、舞台を横切り、上手カーテンのかげにはいる。

患者　助けて！　助けて！

警部、下手手前より登場。

警部　だいじょうぶです、ウィングフィールド夫人、われわれがついています！

ギンズバーグ、下手奥より登場、舞台奥のスイッチを入れて明かりをつける。それからまっすぐ患者の向こう側に駆け寄る。

患者　助けて！　人殺し！　（カーテンをさして）あそこよ！

警部、患者の上手側に歩み寄る。

警部　奥さんはだいじょうぶか?

ギンズバーグ　だいじょうぶ。ウィングフィールド夫人、あなたは非常に勇敢でしたな。

警部　感謝します、奥さん。犯人はまんまと罠にはまりましたよ。(ギンズバーグのほうを向いて)明朝の花瓶から見つかった手紙、あれこそわたしの必要としていた証拠だったんだ。ブライアン・ウィングフィールドがあれを書いたにしても、毎日、うちで顔を合わせている秘書に、わざわざ秘密の手紙を書く必要はない。あの手紙は、だれか他の人間に宛てたものだったんだ。それに、立ち番ちゅうの巡査の証言。あの午後は、だれひとり家に出入りしたものはないと断言している。(カーテンのほうを向いて)したがって、その日はどうやら、いつもの休憩時間の散歩には行かなかったらしいな。(上手の壁ぎわに寄り、舞台中央を向いて)もうそのカーテンのかげから出てきてもいいだろう、ボンド看護婦。

ボンド看護婦がカーテンの奥よりあらわれ、舞台手前にむかって一歩進みでる。

〈溶暗〉、そして――

――幕――

ねずみたち
The Rats

麻田 実訳

舞台配置図

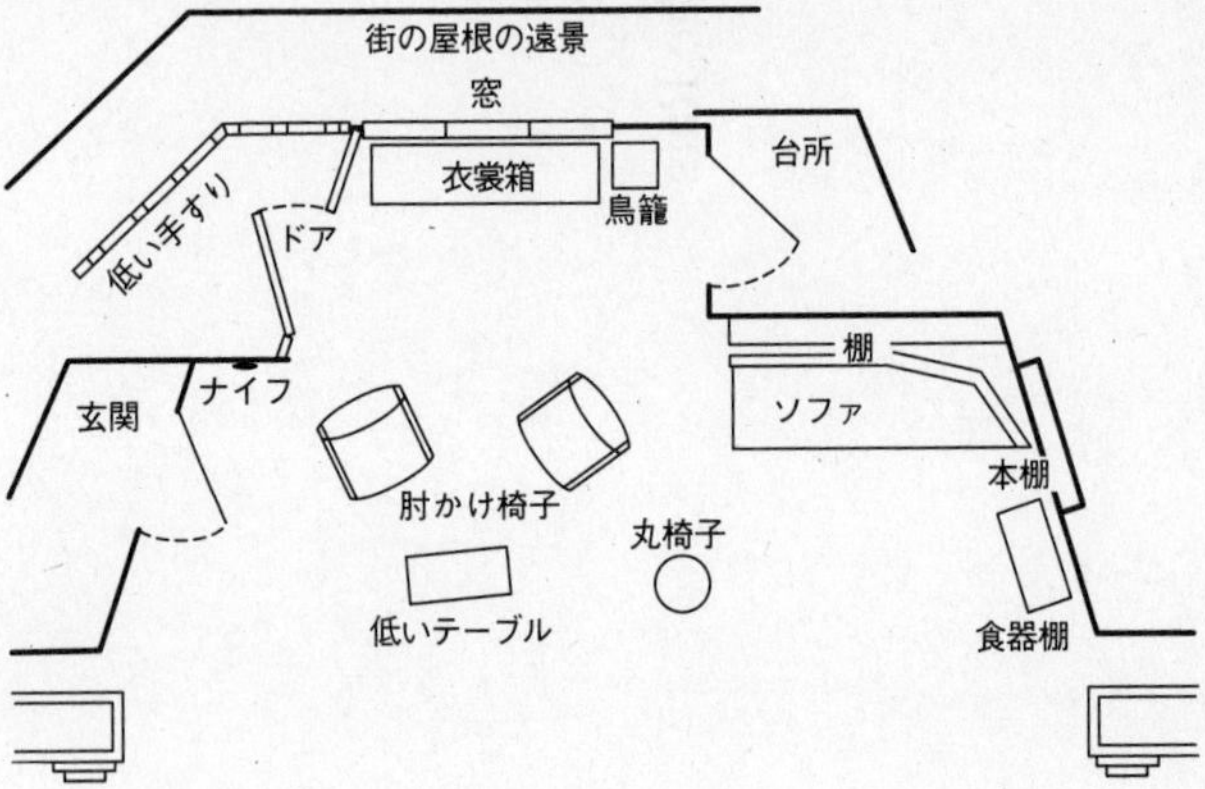
街の屋根の遠景
窓
台所
衣裳箱
鳥籠
低い手すり
ドア
棚
ソファ
玄関
ナイフ
本棚
肘かけ椅子
丸椅子
低いテーブル
食器棚

登場人物（登場順）

サンドラ・グレイ
ジェニファー・ブライス
デイヴィッド・フォレスター
アレック・ハンバリー
警官（声）

時　現代
所　マイケル・トランスのアパートメント

舞台——ハムステッドのマイケル・トランスのアパートメントの一室。晴れた夏の夕暮れ、六時半頃。

部屋はワンルーム・タイプのモダンなつくり。下手《しもて》には街の屋根の背景が見える広い窓があいている。窓の下手にはドアがあって小さなバルコニーに出られる。上《かみ》手《て》のドアは浴室と簡単な料理のできる台所につづいている。玄関のドアは下手にある。

中央の窓の下には銅の飾り金具や、真鍮の鋲を打った黒い木製のクウェートでは嫁入り簞笥となる大きな衣裳箱が置いてある。大きな（くちばし型の）注ぎ口のあるバグダッド風のコーヒー・ポットのセットが目立つ。ペルシャやイスラムの陶器が一、二点。クルド族のナイフ、バグダッド風のシュガー・ハンマーなど。そのほかのこの部屋の装置はきわめてモダン。上手には大きなクッションを置いた大きなソファ。下手中央には低い合板製のテーブル、その両側には明るい色の現代調の肘かけ椅子。テーブルの上には酒とグラスの盆。中央手前には小さな丸椅子、奥にはインコの籠。床には現代風な敷物が敷いてある。

幕が上がると、部屋には誰もいない。真っ暗な舞台がしだいに明るくなる。ブザーが鳴って下手の玄関のドアにノックの音。いらいらした感じでくりかえされる。

サンドラの声。

サンドラ　だれかいないの？　だれか？　(ドアをノックしているが、すっと開いたので驚きの声をあげる)

サンドラ下手から入ってくる。女としての魅力を充分心得た利発で魅惑的な女、三十歳。

パット——マイケル？　（テーブルの奥を通って上手のドアへ、そこから出てゆくがすぐもどってきて、ふたたび下手のドアへ。外を見、テラスへ、バルコニーものぞいてみる。中央上手の肘かけ椅子のところへもどってくると椅子の背に上着をかけて腰をおろし、手袋をぬいでハンドバッグにしまう。机の上の煙草入れに手をのばすが空なので、そのまま置く。自分のハンドバッグからシガレット・ケースとライターをとりだし煙草に火をつけ、ケースとライターをハンドバッグにしまい、椅子に置く）変だわねえ！　（立ち上がるとイライラと煙草をふかしながら歩きまわっているが、しだいに腹立たしくなり、時計を見て）失礼しちゃうわ、まったく。（テラスのほうへ行く）

下手の玄関のドアの錠を開けようとする鍵の音。ドアの外でジェニファーの驚きの声。

ジェニファー　あら、開いているわ。（ドアを押して入ってくる）

ジェニファー　ジェニファーはどことい って取り柄のない三十すぎの若い女性、猫を連想させるが、見てくれほど愚かではない。どちらかといえば、ちょっと気取った身のこなし。彼女はエール錠から鍵をぬくと、ハンドバッグに入れて椅子の奥へ行き、肘かけ椅子の背にかけてあるサンドラの上着をみつけてテラスのほうをふり向く。

あら、サンドラ。

サンドラ　（部屋にもどってきながら）ジェニファー――久しぶりねえ。
ジェニファー　ここで何をしているの？
サンドラ　あなたとおなじよ――パーティに早くきすぎたのね。（上手の肘かけ椅子のほうへ行く）早すぎるっていうのは、きまりが悪いものねえ。（椅子に座る）
ジェニファー　パーティってなんのこと？　だれのパーティ？
サンドラ　そうね、正確に言えば、パーティじゃないわ。トランスさんがちょっと飲みに寄らないかって言ってただけ。
ジェニファー　（驚いて椅子のあいだへきて）今日こいということだったの？
サンドラ　決まってるじゃないの。（語気を強めて）あなたもそれできたんでしょ？
ジェニファー　全然ちがうわよ。（おかしそうに背を向ける）

サンドラ　なぜ、私に飲みに寄れなんて言ったのかしら？
ジェニファー　（ソファの上手の端をまわって）知るものですか――（短い間）トランスさんがいまイギリスにいるのならね。
サンドラ　トランスさんはイギリスにいないっていうの？
ジェニファー　まあね。（うなずいて）いまジュアンにいるわ。（ソファにハンドバッグを置いて下手の端に腰をおろす）
サンドラ　でも、パット・トランスが火曜日に電話してきたのよ、ほんのおとといのことよ。
ジェニファー　（からかうように）パットが？
サンドラ　（鋭い口調で）そうよ。
ジェニファー　（冷たく）まあ、ほんと、へえ！　もっとお話は上手に作らなきゃだめよ。簡単にボロが出るようじゃいけないわ。
サンドラ　本当よ、ジェニファー！
ジェニファー　（笑いながら）私はあなたがパットからこの部屋の鍵を借りたんだとにらんでるわ。（きびしく見つめて）そして、ここでだれかに会おうっていうんでしょう！　だれとなの？　言いなさいよ。言えなきゃ、私が言ってあげましょうか。

サンドラ　ばかばかしい。言ったでしょ、パットが電話で誘ったんだって……

ジェニファー（ハンドバッグを持って）まあ、まあ！　もうたくさんよ！　もっと上手な言い訳を考えておくことね。（鳥籠を見て）まさか、彼女があなたにインコの餌をやってくれと頼んだっていうんじゃないわよね？

サンドラ（疑わしそうに、身体を椅子からのりだして）本当なのよ——パットが——彼女が誘ったっていうのは……

ジェニファー（笑いながら）でもインコに餌をやってくれと頼まれたのは、この私だし。（ハンドバッグから餌の包みをとりだすと立ち上がって、サンドラの前を通りながら餌のラベルを読む）「ラヴァバッド・インコ・フード、あなたのかわいいインコちゃんもきっとお気に召します」（鳥籠から、あざけるように視線をサンドラに移すと）パットも私たち二人におなじことを頼むなんてずいぶん忘れっぽいわね。


　サンドラ、立ち上がると上着とハンドバッグを持ってソファの上手を通り、ハンドバッグをソファに置く。

サンドラ（怒りをこめて）嘘じゃないわ、ジェニファー……

ジェニファー　まあ、そんなにむきにならないで。冗談よ。友だちの秘密を見つけるって面白いものよ。（テーブルのところへ行くとその上手の端に腰をおろす）さあ、いったいだれなのよ、その人は。お墓に行くまで黙っててあげるわよ。

サンドラ　（食器棚の上の灰皿に煙草の灰を落としながら）今日は日が悪いわ！

ジェニファー　そんなにカッカしないで。実は、私が驚いているのはトランスさんが一枚かんでることなのよ。トランス家ってお堅いうちだと思ってたのに、いずこもおなじとは思っていなかったわ。（立ち上がり、中央の丸椅子にひざをつくと、なだめるようにつづける）ねえ、言ってちょうだい、あなたのひそかなお相手はだれ？

サンドラ　（ジェニファーに向きなおって）私はだれとだってそんなことはしていません。

ジェニファー　それじゃ、なぜ、南フランスに行っているトランスさんの部屋に、あなたがいるのよ――カクテル・パーティを開くなんていいかげんな嘘をついて。

サンドラ　これには、なにか――こんがらかった訳が――電話で聞いた話でしょう。たぶん、パットは、来週のことを言ったんだわ。（ジェニファーの前を横切って下手の肘かけ椅子のほうへ）でも私がいま言えるのはパーティにこいと言われてここにきたということだけよ。

ジェニファー　（がっかりして丸椅子に座り、サンドラを見て）じゃ、ほんとうに、ここでだれかと会うつもりはないのね？
サンドラ　（ジェニファーに向きなおって）ここで会うとすれば、ジョンしかいないわ。
ジェニファー　あなたのご主人？
サンドラ　（テーブルの灰皿に煙草の灰を落としながら）そうよ。仕事が終わりしだい、ここへくるって言ってたから。
ジェニファー　ジョンて、いいひと。そうじゃなくって。
サンドラ　（微笑を浮かべて下手の椅子に座る）そのとおりよ。
ジェニファー　素敵で、単純で、信頼のおけるひと！　彼、あなたに夢中でしょ？
サンドラ　ま、嫌われてはいないようね。
ジェニファー　ずいぶん控え目な言いかた！　いままで男に嫌われたことがないのね？本当は逆のくせに。
サンドラ　（冷淡に）インコに餌をやりに来たというのがほんとうなら、さっさと仕事をなされば？
ジェニファー　（立ち上がり、サンドラの上手に寄って）サンドラ！　まさか、あなた、私がここでだれかと会うつもりじゃないかって言ってるんじゃないでしょうね？

サンドラ　あたりまえでしょ！　私はそんな夢みたいなこと考えないもの。
ジェニファー　まったく、口にするのも汚らわしいわ！　(彼女は鳥籠のそばに行き、衣裳箱に腰かけると鳥籠の口を開き餌箱をとりだし、口を閉め、餌箱に餌袋から餌を入れる) ト、ト、ト、と、さあ！　インコちゃんの大好物よ。でも、このインコ、あまり趣味がよくないと思わない？　トランスさんて成り上がりって感じがするわ。だれも行きたがらないところへ旅行して、風変わりなお土産を持ってくるのも悪い趣味。私も、カンヌのカールトン・ホテルから灰皿を一つだまってもらって来たことがあったけどずっと心が痛んだわ。(彼女は餌箱を籠のなかへ入れる) ねえ、このインコ、どうして一羽なのかしら。つがいにしてやればいいのに。ね？　かわいそうなインコちゃん、狭い籠のなかでただ一羽。(サンドラを見て) でももしあなたがたご夫婦が籠のなかにいるとしたら、あなたは貞淑な奥さんじゃなきゃいけないわね？　退屈でしょうね。あらあら、このインコ、朝から水ばかり飲んでいたんだわ。(鳥籠の口をあけると水皿をとって口を閉め、上手のドアへ) さあさあ、ママがお水をあげますからね——お水よりジンの方がいいかな？　オスかもしれないものね！　(鳥籠のほうをふりむいて) あなた、どっちだと思う？

ジェニファー上手へ退場。

サンドラ立ち上がってテラスのほうへ。

ジェニファーは水皿をいっぱいにしてもどってくる。鳥籠の口をあけてなかへ水皿を入れると衣裳箱の上の餌袋をとりあげる。

ジェニファー　あなた、外でなにをしているの。トランスさんを探したってムダよ。外国へ行ってるって言ったでしょ。ま、もともと、トランスさんなんか探すことなかったんでしょ。（ソファのそばに行きハンドバッグに餌袋をしまう）さ、これで今日のご用はおしまい、と、帰るわよ。さよなら、サンドラ。

サンドラ　（上着をとりにソファのほうへ近よりながら）私も帰るわ。ここにいてもしようがないもの、おわかりでしょ。

ジェニファー　でも、ジョンはどうするの？　くることになってるんでしょ。

サンドラ　そうね、ジョンは——自分でなんとかする……

ブザーが鳴る。

ジェニファー　きっと彼よ。（下手のドアをあけ、そのかげにかくれる）

デイヴィッド・フォレスター下手から登場。三十八歳、渋い中年。洗練された物腰のなかにどこかやくざっぽい非情さがある。上昇志向の強い男。部屋のなかに二人の女がいることに気づくと驚いて思わずあとずさりするが、すぐその場をとりつくろう。

一方、デイヴィッドを見たサンドラは驚きをかくせない。

デイヴィッド　やあ、サンドラ。
サンドラ　デイヴィッド！
ジェニファー　（ドアのかげから出てきて）こんにちは！
デイヴィッド　こんにちは。
サンドラ　（ソファの下手へ行きながら）ええと——こちら、フォレスターさん——こちらはブライスさんの奥さん。
ジェニファー　（手をさしだして）はじめまして。
デイヴィッド　（握手して）はじめまして。

サンドラ　（早口で）ね、デイヴィッド、あなたも日どりをまちがえたようね――私とおなじように。ジェニファーの話では、トランスさんは外国へ行ってるんだって。

デイヴィッド　（肘かけ椅子のあいだへ行きながら）へえ、ほんと。（ジェニファーに笑いかけて）三人ともまちがえたっていうわけ。

ジェニファー　（鳥籠をゆびさして）あら、私はインコに餌をやりにきたのよ。

デイヴィッド　（鳥を見て）あ、なるほど、かわいいコトリちゃん。（と鳥籠のほうへ行き）しゃべれるかな、こいつ。

ジェニファー　お国言葉のスワヒリ語だけね。

デイヴィッド　なかなか表現力のある言葉だよ。私には解ります。

ジェニファー　じゃあ、私は失礼するわ。お目にかかれてよかったわ。（とサンドラを悪意のある目で見て）さよなら、サンドラ。

ジェニファー、下手から退場。デイヴィッド、テーブルの奥へ行くとその上に帽子を置く。

ジェニファーふたたびもどってくる。

ジェニファー　ジョンによろしく言ってくださるわね？　とんだお笑い草だったわ。

玄関のドアを閉めて下手へ退場。

デイヴィッド　なんだい、あいつは。
サンドラ　ジェニファー・ブライスよ。
デイヴィッド　きみの友だち？
サンドラ　（上手の食器棚のほうを向いて）友だちとは言いたくないわ。
デイヴィッド　あの女、ここで何をしていたんだい？
サンドラ　（食器棚の上の灰皿で煙草の火を消しながら）あなた聞いたでしょう、インコに餌をやりにきたのよ。あなたはいったい何をしにきたの？
デイヴィッド　いやだなあ――きみに会いにきたんじゃないか。
サンドラ　（ふりむいて）私に？
デイヴィッド　（舞台の奥を向いて）ところで、ぼくたちだれの部屋にいるんだい？
サンドラ　トランスさんのよ。
デイヴィッド　（思いあたって）ふうん、そうか。（見まわすと）なるほど、なかなか素敵な住まいだ。（微笑するとソファの方へゆく）この椅子でトランスご夫妻はおやすみになるのかな？　まさかね。

サンドラ　ひろげるとダブル・ベッドになるのよ。

デイヴィッド　そういう仕掛けか。サンドラ……（彼はサンドラに情熱的なキスをする）

サンドラ　（応えて）デイヴィッド……

デイヴィッド　待ち遠しかったよ。

サンドラ　長かったわ。

デイヴィッド、彼女にキスする。

デイヴィッド　一週間もだよ！

サンドラ　いいえ、月曜日から——劇場で——

デイヴィッド　（彼女を抱きしめて）そんなことはどうでもいいよ。

二人はソファに座る。

きみにも長い時間だったんだね？
サンドラ　一年もたったみたいよ。こんなふうにこっそり会わなきゃいけないなんて。
デイヴィッド　でも、そうしなくては。
サンドラ　いつもこんなふうにこそこそ、策を練るなんて、もううんざりよ。
デイヴィッド　（突然、体を離して）でも、いつもってわけじゃないだろ——今日だけさ……あの女——出しゃばってきたりして迷惑だな。どう思っているだろう？
サンドラ　私たちのことを？
デイヴィッド　そう。
サンドラ　そうね——ひょっとすると……
デイヴィッド　余計なおしゃべりをするかな？　これはツイてないぞ。いままでこんなに用心してきたのに。
サンドラ　私はジョンがここにむかえにくるのを待ってるって言っといたわ。
デイヴィッド　信じたかい？
サンドラ　（カラッと）信じてたわよ——あなたさえこなければね。
デイヴィッド　（立ち上がって）だから言ったんだ——ツイてないって。（バルコニーのドアのほうへ舞台を横切る）きみもぼくも見たときはずいぶんびっくりしてくれたぜ。
サンドラ　だってびっくりしたんだもの。
デイヴィッド　（彼女のほうを向いて）どういうつもりでここへこいと言ったんだい？
サンドラ　私はこいなんて言わないわよ。
デイヴィッド　（確かめるように）言わない？
サンドラ　言わないわよ。
デイヴィッド　でも、ぼくは伝言をもらったんだ。
サンドラ　（立ち上がる）どんな？
デイヴィッド　（中央の椅子の下手へ）六時半にアルベリイ・マンションの五一三号室でグレイ夫人がお待ちです――ここがそのアルベリイ・マンションじゃないのかい？
サンドラ　もちろん、そうよ。
デイヴィッド　じゃあ、どうなっているんだい？
サンドラ　（中央の肘かけ椅子の手前の腕に腰かけながら）デイヴィッド――なんだかおかしいわ。私にはトランスさんが電話してきて、飲みに寄らないかって。
デイヴィッド　ちょっと待ってくれ。トランスさんて何者なんだ？

サンドラ　マイケルと奥さんのパット。中東か、アフリカか、そんなところから帰ってきたばかりだって。国連だかユネスコだか――そんな仕事をしているのよ。
デイヴィッド　（舞台の奥を見て、壺などに目をやり）まちがいない。罠なんだよ。そうさ――トランスさんが飲みにこいと言う――それできみはきた。明らかに、日にちがちがう。ここにはパーティの用意なんてまるでしてないものな。（突然思いついて）きみはこの部屋にどうやって入ったんだい。
サンドラ　ベルを鳴らしたの――そのうちに鍵がかかっていないことに気がついたの。エール錠のかけ金があがっていたのね。
デイヴィッド　（玄関のドアへ行き、錠を調べて）ほんとだ。これはおまけに特別あつらえだ。
サンドラ　とっても変な錠よ。でももっと変なのは、トランスさんがこの前の土曜日から南フランスへ行ってるっていうことだわ。パットが私に電話してきたのは、おといなのよ。
デイヴィッド　（テーブルの奥へ）電話はまちがいなく彼女からかかってきたのかい？伝言じゃなかったの？
サンドラ　ちがうわ。確かにパットだった――少なくとも私はそう思ったわ。

デイヴィッド　でも、いまとなっては、確かというわけじゃないんだろう？　彼女の声をはっきり覚えているかい？

サンドラ　それほどよく知っているというわけじゃないわ。その女は、「パット・トランスよ」って言ったんだもの。そうまで言われて別人だなんて考えられないじゃない。

デイヴィッド　（丸椅子の上手、彼女の奥のほうへ行きながら）この裏には何かぼくにはわからないわけが、きっとある。

サンドラ　私にもわからない。こんなのいやだわ。

デイヴィッド　（彼女の上手へ行く）だけど、この筋書きのなかで一番肝心なところはなんだろう？　パット・トランスのふりをしてきみに電話をかける、きみをここに呼び寄せる、一方きみをよそおって――伝言でぼくをここに呼ぶ。さて、これからどうなるんだい？

サンドラ　ひょっとすると……（言いよどむ）

デイヴィッド　（彼女を鋭く見て）何か思い当たることがあるんだな。さあ、言ってごらん。

サンドラ　（ゆっくりと）ひょっとすると――ちがうかもしれないけど――ジョンが。

デイヴィッド (驚いて) ジョンだって?
サンドラ ときどき──私たちの仲を疑いはじめてるんじゃないか──と思えるところがあったの。
デイヴィッド (鋭く) そんなこと、今まできみは言わなかったぞ。
サンドラ 私の思いすごしじゃないかと思って。
デイヴィッド (考えながら食器棚のほうへ) ジョンか……でもどうしてトランス夫妻と結びつくんだ? トランスの奥さんにきみに電話してくれなんて頼めるかな……
サンドラ つじつまが合わないわね。ジョンは彼女とほとんど面識がないもの。
デイヴィッド (ソファの下手の前へ) ジョンがこの部屋を借りて、だれかにパットのふりをして電話することを頼んだ……
サンドラ でも、なぜ? どうして?
デイヴィッド どうしてってさ、ちょっと考えてみろよ。現場を押さえるってわけさ、現行犯《フラグランテ・デリクト》で逮捕。
サンドラ そう、なるほどね。
デイヴィッド (上手の奥へ) たぶん彼は浴室に山高帽子の私立探偵を隠しているのさ。

デイヴィッド下手へ退場。サンドラ立ち上がる。

デイヴィッド再登場。

デイヴィッド　あの広さじゃ帽子ひとつ隠せないよ。（椅子の奥を通って下手の前へ）この場所はまるで掌の上同然。（テーブルの前からソファの前へ舞台を横切って）たぶん、本人みずからやってきて、シコシコやってる最中に驚かそうって算段なんだぜ！

サンドラ　なんて下品な――そんなふうに言わないでちょうだい！

デイヴィッド　（おもしろがって）そんなに貞淑ぶってお高くとまることはないさ。結局、亭主の悩みなんてものは、女房が間男と一緒にいるところを見つけたということに相場が決まってるんだ。（ソファに座る）結婚して何年になったっけ？

サンドラ　（テーブルの前を横切ってその上手へ）三年。

デイヴィッド　それでジョン老人は何かと言えば焼きもちを焼く、そうだろ？

サンドラ　（デイヴィッドのほうを向いて）もちろん、あのひとは嫉妬深いわ、知ってるでしょ。でも、反面、とても単純でもあるのよ。だれでもあの人をだませるわ。（下手の肘かけ椅子の前へ）つい最近まで――あの人が証拠を握っていないのはま

　ちがいないわ。

デイヴィッド　じゃあ、だれか親切なお友だちがいて、ジョンにご注進したとしたらどうだい。だれも気づいていないとは思うがね。

サンドラ　（下手の椅子に座りながら苦々しく）だれかは知っているものよ。

デイヴィッド　そうだな。（立ち上がり、サンドラの上手へ）では、この場合、いまわれわれがしなければならないことは――即時退却。明日、いつものところで会うとしよう――いいかい、尾《つ》けられないように気をつけるんだぜ。まだ危ない橋は渡れないからな……さあ、持ってきたものをまとめて。

　　サンドラは立ち上がってソファの前へ。デイヴィッドは机の上の帽子に手をのばす。

　　ブザーが鳴る。

サンドラ　（低い声で）だれだと思う？

デイヴィッド　シイッ！（サンドラのそばに行き、食器棚の上へ帽子を置く）ジョンだったら黙っていれば帰っていくだろう。

ブザー、ふたたび鳴る。

サンドラ　ドアは——鍵がかかっていないのよ。

デイヴィッド　錠をおろしておくんだった。

サンドラをソファに座らせる。

頼むから、気を落ち着けてくれよ。さ、煙草だ。（自分のシガレット・ケースを差し出す）とって！

サンドラは煙草をとる。デイヴィッド火をつけてやり、自分も一本とり、火をつけ深々と吸い、中央の椅子の奥へ行き、サンドラをふりかえると肩をすくめてみせる。アレック下手から登場。二十八、九歳のやさ型の男、やわらかな物腰。冗舌で、ややもするとそれが意地悪く聞こえる。わざとらしい行儀のよさ。最高の仕立ての服——手には手袋をはめている。

アレック！

アレック　やあ、デイヴィッド。サンドラ。お二人とも、しらけた顔をして。われわれ三人はパーティには早すぎたようですな。

サンドラ　（救われて、立ち上がってデイヴィッドの下手、椅子のあいだまで行く）じゃあ、やっぱりパーティをやるのね？　私たち、思案にくれてたところだったの。

アレック　（テーブルの前を通ってソファの前へ）そうですかね。そうとも見えませんな？　カナッペの用意もない。燻製の肉も見えない、オリーヴもない。

サンドラ、上手の椅子に腰をおろす。

デイヴィッド　（向きなおって）パーティの場所はここですか？　トランスさんはどこか別の場所でやると言いませんでしたか？

アレック　（中央の椅子にかけながら）そう――それがね――変なんだよ。ここにお二人でどれくらいいました？

サンドラ　（急いで）あら、私がきたのは五分前、デイヴィッドはきたばかりよ。

アレック　そうですか。（帽子をソファに置く）一緒にみえたんじゃないんですね。
デイヴィッド　いいえ。
サンドラ　（ほとんど同時に）いいえ。

アレック、二人を見る。間。

アレック　あなたにはパットが電話したんでしょ？
アレック　いいえ。マイケルでしたよ、本当のところ。もちろん、マイケルはどうもはっきりしない男でね。私も彼をあまり知らないんです。ただ、六時半すぎに、ここへちょっと飲みにこないかと誘われたのでね。それでここへきたんですよ……
デイヴィッド　でも正装で！
アレック　ああ、前にもうひとつ別のパーティがあったものでね。まあ、この頃の連中ときたら！　（部屋のなかを見まわすと上手の食器棚のほうへ）いずれにせよ、私はここで一席あると思ってやってきたんですよ。
デイヴィッド　マイケルがそう言ったのかね？
アレック　いやいや——彼は「飲みに」こいと言っただけです——（食器棚を開ける）

でもここにはそんなものはない。や、あったぞ。確かに、彼は私たちと一杯やりたかったんだ。(彼は、ほとんど空のウィスキーの瓶をとりだす) なあんだ。(その瓶を置くとジンの瓶をとりだす) ジンはあるぞ！ これでどうです？ トニックもあるようだし。

サンドラ いいわね。

アレック、ジン・トニックを三杯作る。

デイヴィッド (意を決して立ち上がり、食器棚の前へ行って) どうやら、ことのしだいは、はっきりしてきたようだね。トランス夫妻はパーティを開くつもりだった、だが場所はここじゃなかった、夫妻はわれわれがその場所を知っていると思いこんでいたか、あるいは、その場所を言うのを忘れたんだ。

アレック でも、それはかえって変じゃありませんか？

デイヴィッド、グラスを二つ持ってサンドラのそばへ行く。

つまり、もしそうなら、われわれ三人全部に言うのを忘れたということになるじゃありませんか。

デイヴィッド、立ち止まるが、やがてサンドラのそばに行き、グラスを渡す。

アレック　（二人と顔を見あわせ、トニックの瓶と杯をあげると）どうやら〝不在なる友〟こそ杯をささげられる人のようですな。トランス夫妻に乾杯！

デイヴィッド　トランス夫妻に乾杯！

三人、杯を乾す。デイヴィッド、ソファの下手の端に腰をおろす。

サンドラ　（苦心してやっと口実を見つけたというように）だれかが――じつはそれはジェニファー・ブライスなんだけど――

アレック、トニックの瓶を置く。

　──トランスご夫妻は外国に行ってるって言ったんです。私、信じられないのよ、
　でも今は、私はひょっとして……
アレック　ジェニファー・ブライス！　(彼はサンドラの上手へ行く)ここにいたんで
　すか？
サンドラ　彼女は餌をやりに……
デイヴィッド　インコにね。
　アレック、奥の鳥籠のほうへ行き、衣裳箱の前へ、さらに中央の肘かけ椅子
　の奥の腕に腰をおろす。
アレック　(嬉しそうに)これはおもしろくなってきた。ちょっと待って、どうやらわ
　かりかけてきました。トランスさんはどこかへ行った。何者かが──われわれの知
　らない──ここにわれわれ三人を呼び集めた。(立ち上がるとデイヴィッドに向か
　って)でも、なぜ？　おもしろいじゃありません？　まるで探偵小説の謎だ。(椅
　子に膝をついてデイヴィッドの顔をのぞきこんで)たぶん、トランス夫妻はわれわ
　れが手がかりを探すことを期待しているんだ──そして、手がかりにしたがって次

の場所へと行く。そうだ。（彼は立ち上がると前を見ながら舞台の前へ出、ソファの前で奥をふりかえり）本当にトランスさんは妙なものばかり集めたもんだ！（ソファの奥の棚からコーヒー・ポットをとりあげる）これはバグダッドから持ってきたものでしょうな。まあ、なんとこの奇妙な注ぎ口。

サンドラ　ほんと、ひどい恰好。

アレック　鋭いご観察で。（コーヒー・ポットをもとの場所にもどすと肘かけ椅子のあいだにくる）なるほど、これはひどいものです。確かに奇妙だ。でも、この部屋全体が私にはどうもひどいものに見えるんですよ。なにかこう、寒々しくてね。四つの壁にかこまれて、ここにわずかに生きるための最小限の生活空間が残されているって感じです。（デイヴィッドの下手に行く）もし、ここに閉じこめられるとしたらなんて恐ろしい場所なんでしょう。

デイヴィッド　ここは、ごくあたりまえのモダンな部屋だよ、アレック。そんなふうに考えるのはよくないよ。

アレック　ご忠告ありがとう、デイヴィッド。私にはそんな楽しい想像は許さないということですな。（衣裳箱のほうへ行く）さてと、これはダマスカスの花嫁衣裳箱というやつですな。虫が食っているようだ。（彼は下手の壁からクルド族のナイフをとると、鞘を払う）やあ！　これは妻が不貞を働いたときにグサリとやる血を吸うナイフという代物。（ナイフを持ってデイヴィッドのほうへ）このつかの彫刻が素晴らしいじゃありませんか、デイヴィッド？　ほら、さあ、手にとって。まさか食いついたりはしませんよ。

デイヴィッド　（ナイフを手にとって）なるほど、素晴らしい。（アレックにかえす）

アレック　（うけとって）これはなかなかお目が高い。（サンドラのそばに行き、ナイフを渡す）素晴らしいと思いませんか、サンドラ？

サンドラ　（手にとって）きれいだわ。（アレックにかえす）

アレック　（ナイフを持ってテラスへ出る）この外はどうなっているのかな？　（部屋に引きかえしてくる）高さは五階。ちょっとした高さです。（サンドラを見てふたたびテラスへ）まるでコーンウォールの崖ですな。自殺にはもってこいだ。や！——落とした！　（部屋にもどってくる）ナイフを——落としたんです。幸い、下にはだれもいなかったけど。いま、行ってとってきます。（ソファの前に行き、自分の帽子をとる）ヘマでした。下にポーターでもいれば一緒に探しますから。

サンドラ　そんな人、いないと思うけど。

アレック　でも、事務所がありました。そこへ行けば管理人がいるでしょう。（まっすぐ下手のドアへ）ついでにトランスさんは本当に留守なのか、だれかに貸しているのかもちょっと訊いてみましょう。

デイヴィッド　われわれも一緒に行きましょうか。

アレック（ドアの外から）いやいや。そこにいて。飲んでいてください。お宅とおなじようにくつろいで。すぐもどります。

アレック、ドアを閉め鍵をかけて退場。

デイヴィッド（テーブルの上にグラスを置きに行きながら大声で怒りをこめて）あのトンチキ野郎がもどってなんかくるもんか。えらそうにペラペラしゃべくりやがって。

サンドラ　あのひと、私たちが一緒にここにいたのを変に勘ぐらなかったかしら？

（グラスをおなじテーブルに置く）

デイヴィッド　勘ぐらないわけはないさ。（中央の椅子の奥へ）トランスさんが留守の間、二人でその部屋を借りてるって言いふらすにちがいないぜ。

サンドラ（立ち上がって、ソファの前へ）早く帰った方がいいわ。

デイヴィッド　(彼女を止めて) いや、ちょっと待てよ。もし一緒に出るところを見られたらまずいよ。(ソファの下手へ行く) アレックはジョンの知り合いじゃなかったかい?
サンドラ　そうね、ある意味ではそうだけど。アレックが心から仕えていたのは私の最初の夫のバリーなのよ。だからバリーが死んだときアレックは本当に恐ろしいほど取り乱していたわ。
デイヴィッド　コーンウォールの崖からバリーが転落して死んだときのことかい?
サンドラ　そうよ。(おもしろそうに) ショックのあまりアレックは、私がバリーを突き落としたにちがいないなんて言いだしたのよ。
デイヴィッド　(軽く) きみ、やったのかい?
サンドラ　どういう意味よ?
デイヴィッド　(驚いた様子で) いやいや、なんでもない。(中央の椅子の後方を向く)
サンドラ　すんでのところで私も転落するところだったのよ。(体をふるわせて) 怖かったわ。長雨の後で、崖全体が崩れたんですもの。
デイヴィッド　(考えて) で、アレックはきみのことをよく思っていないわけだ。

サンドラ　(少し上手の前へと歩きながら) アレックは女ぎらいなのよ。
デイヴィッド　とくに、きみが、ということはないのかね？
サンドラ　(デイヴィッドに向きなおって) どういうこと、それ？
デイヴィッド　ちょっと思いついたんだけど——この一連の事件の糸をひいているのはアレックじゃないかな。ここに呼び寄せたのもさ。
サンドラ　でも、なぜ、あのひとが？
デイヴィッド　(自分の考えを追いながら) つまり、ここでぼくたちを会わせる、そしてジョンにここにくるように伝言して一緒にいるところをみつけさせる。
サンドラ　(デイヴィッドのほうに寄って) それはおかしいわ。もしアレックがそうするつもりなら、どうしてアレック自身がここへきたの？　ぶちこわしじゃないの。
デイヴィッド　なるほど、そうか。きみの言うとおりだ。(テーブルの上からグラスを二つとると上手の食器棚へもどし、帽子をとると下手のドアへ) とにかく、ぼくたちはここを出て行ったほうがよさそうだ。行って、下にいるアレックと合流することにしようぜ。
サンドラ　でも、どうしてこんなことになったのかは、ぜひ知りたいわ——なんとも奇妙ななりゆきだもの。(ソファから上着とハンドバッグをとりあげる) どうしても信じられないのよ……

デイヴィッド、下手のドアの把手をガチャガチャとまわす。

デイヴィッド　きみ、このドアは鍵がかかっているよ。
サンドラ　あら、内側のエール錠がおりているのよ。
デイヴィッド　（エール錠をまわしながら）ちがう、ちがう。エール錠じゃないよ。もうひとつこの下に錠があるんだ——差し込み錠だ。こいつがかかっているんだ。
サンドラ　（テーブルの上手へ行きながら）そんなはずないわ。私たち、簡単に部屋に入れたんですもの……
デイヴィッド　（一歩舞台の前へ）だれかが外から鍵をかけたらしい。
サンドラ　私たちを閉じこめたっていうこと？
デイヴィッド　そうさ。
サンドラ　（テーブルの下手前へ）ばかばかしい。私たちが……（ふと立ち止まる）だれが鍵をかけたのかしら。
デイヴィッド　アレックだよ。

サンドラ　アレック？　なんでアレックが私たちを閉じこめるの。（ドアのほうへ行く）ドンドンたたいて大声で助けを呼べばそれですむじゃないの。

デイヴィッド、彼女を押しとどめると下手の椅子にすわらせる。テーブルに帽子を置き、中央の椅子の前へ。

デイヴィッド　だめだよ、そんなことをしちゃいけない。ちょっと待って――座りたまえ。はじめからよく考えてみなくちゃ。非常に奇妙なことが起こってるんだ。アレックかもしれないし他のだれかかもしれない。何者か
がぼくたちをここへ呼び寄せた、きみにはトランスさんをよそおい、ぼくにはきみから伝言を送ってね。（中央の椅子とソファのあいだに立って）ぼくたちをここに集めたのがだれであるにしても、いま、二人一緒にここに閉じこめられているんだ。
サンドラ　でもそんなこと馬鹿げたことだわ。大声で助けを呼べばいいんだもの。
デイヴィッド　へえ、大声でね。そのあとはどうだ？　スキャンダルだぜ。あるじが旅行中の他人の部屋で、どうみてもいわくありげな関係の男女がいました――鍵をかけたのはだれかの悪戯。

サンドラ　それなら、大いそぎでその悪戯者をみつければいいのよ。（立ち上がって下手のドアのほうへ行く）大騒ぎをして何もかも冗談ってことにしてしまうのよ。

デイヴィッド（彼の態度はしだいにぞんざいで不愉快なものになる）スキャンダルはごめんだと言っているのがわからないのかい！（ソファの前へ行く）あの約束もオシャカになるじゃないか。いま、ジョンに離婚訴訟を起こされたら、パアだぜ。

サンドラ　勝手なひとね、あなたってひとは。（テーブルと椅子のあいだを通ってデイヴィッドの下手へ）自分のことしか考えられないのね、私のことはどうなの？　私の体面は？

デイヴィッド　きみに体面なんてものがあるものかい。

　サンドラ、デイヴィッドの顔を打つ。

（やくざっぽく）座れよ。

　サンドラ、ソファに座る。

おれにも考えさせてくれ。(椅子のあいだを奥へ) そうだ、だれかがかけた罠に、おれたちはハマったんだ。なんとか逃げ出す方法を考えなくちゃ。

サンドラ　あなたはまだジョンがやったと思っているのね。私には信じられないわ。

デイヴィッド　(下手のドアに向かい、下手の椅子の奥へ) アレックのことを考えているんだよ。アレックはおれのことを嫌っている——いつもそうだった。(衣裳箱のそばに行く) もし、アレックがジョンをけしかけて……(突然、彼は、クウェートの衣裳箱のそばで立ち止まり床を見る)

サンドラ　どうしたの?

デイヴィッド　(ひざまずき、床の上をなでる) おがくずだ。床におがくずの小さな山。この穴——虫くいなんかじゃないぞ。キリであけたんだ——小さな穴が四つ。(立ち上がるとサンドラのそばにくる) 空気穴だ。なかの人間が息ができるように。

サンドラ　(立ち上がって) どういうことなの?

デイヴィッド　(サンドラを抱き寄せると、上手の前へつれて行く) アレックがジョンの猜疑心をかきたてて——あの箱に隠れていれば、ぼくたちが一緒にいるところを押さえられるようにする、と言ったら——

サンドラ　それじゃ——ジョンが、いま、あの箱のなかに隠れているっていうの。そこにいるの、あの人が？　私たちがしゃべったことも全部聞いてしまったの――それに――あの……

デイヴィッド　その可能性があると言ったんだよ――ありうることだ。

サンドラ、衣裳箱を見、視線をデイヴィッドにもどす。デイヴィッドは衣裳箱の奥に行き、箱の蓋をあけて、なかを見る、そして蓋を閉じると下手の肘かけ椅子の下手へと動く。

なんてことだ！

サンドラ　（中央の椅子のほうへきながら）どうしたの？　どうしたの？　（衣裳箱のほうへ行こうとする）

デイヴィッド　いけない！　なかを見てはいけない！

サンドラ　（下手の椅子の上手へデイヴィッドのほうに近よる）どうしたのよ？

デイヴィッド　（彼女の手をとって下手の椅子に座らせながら）ここへ座るんだ。いいかい、大きな声を出すんじゃないよ。声を低く。（テーブルの前を通って中央の椅子の上手へ）よく頭を絞って考えなければ。

サンドラ　話して……
デイヴィッド　ジョンなんだ。彼がいるんだ。あの箱のなかに。しかも、彼は死んでいる。

短い間。

サンドラ　死んでる？　ジョンが？
デイヴィッド　殺されているんだ。やったのはきみか？
サンドラ　私が？　どういう意味よ。
デイヴィッド　ぼくがきたときは、きみはもうここにいた――きみは伝言を書いて……
サンドラ　なんで、私がこんな見たこともない部屋でジョンを殺したうえ、あなたを呼ばなきゃならないの？
デイヴィッド　だからこそ、ぼくが必要って寸法じゃないのか。きみが結婚のことをほのめかしたのも一度や二度じゃない――そしてぼくが離婚に乗り気じゃないことも承知している。
サンドラ　それで、私が殺人罪で縛り首になるのにあなたを道連れにしようとしてるって考えたわけ？
デイヴィッド　とんでもない。きみはわれわれに関係なく、ことをすませてしまおうと考えたんだ。この部屋は他人のものだ、そうだろう？　住んでる人は留守。きみかぼくがここにいたことを知っているのはだれだ？　入口に管理人はいない、だれもここにくるのを見た者はいない。ぼくたちはこの場所に何の関係もない。
サンドラ　おなじように考えれば、あなたが殺《や》ったとも言えるわね。（立ち上がる）あなたがここへきて、ジョンと会って、殺す、あの箱のなかへ入れて、いったん外へ出て、私がくるのを見計らって、もどってくる。
デイヴィッド　ああ、頼むからそんなばかな話はやめてくれ。（ソファの下手の端の前へ行く）きみの困るところはどうしようもないオバカさんだってことだぜ。
サンドラ　（怒りをこめて）とうとう本音を吐いたわね？　きれいごとはもうたくさん。一皮むいてみれば、まるで、しらみのような男ね――しらみよ、ねずみよ。
デイヴィッド　そういうおまえはどうなんだ？　男を何人ベッドへ引きずりこんだか、数えあげてみようか？
サンドラ　なんて悪党なの！　下品で腐りきった男ね！（テーブルの前を通ってその下手へ動く）

電話が鳴る。デイヴィッド思わず、ソファの前へ後退する。二人、衣裳箱を見るが、やがてサンドラはデイヴィッドを見る。

サンドラ　（ふるえる声で）だれ？　だれだと思う？

二人、電話器に視線を移す。

デイヴィッド　わからない。
サンドラ　出なきゃ……
デイヴィッド　やめた――ほうがいい。
サンドラ　アレックが下からかけてきただけなのかもしれないわ。

デイヴィッド、受話器をとろうと動く。

だめ！　やめて。

デイヴィッド、立ち止まる。

デイヴィッド　やめて。

デイヴィッド　どうすればいいんだ。どうすれば。（ソファに座る。わずかの間の後、やはり電話に出ようと立ち上がる）

電話、鳴りやむ。デイヴィッド、額を拭う。

サンドラ　アレックからだったら、きっと変だと思うわよね？

デイヴィッド　アレックなら直接上がってくるよ。（間をおいて）ぼくはアレックじゃないと思う。

サンドラ　だれだと思うの。

デイヴィッド　わからない。（丸椅子の下手へ）わからないよ。

サンドラ、舞台の奥を向いて丸椅子に座る。

考えなくては――落ち着いて。何者かがわれわれをここへ誘いこんだ、何者かがここにジョンの死体を置いた。（中央の椅子の前から椅子のあいだへと動く）何者かが外から鍵をかけてわれわれをここへ閉じこめた。（下手のドアのほうへ）アレックだ。アレックにちがいない。（衣裳箱のそばに行き蓋をあけ、ふたたび閉めると、テラスへ出る）

サンドラ　（立ち上がって上手の方をうかがう）何をしているの？

デイヴィッド、部屋にもどってきて肘かけ椅子の奥で。

デイヴィッド　アレックがあのクルド族のナイフをバルコニーから落としたのを覚えているかい？　あいつは下へ行ってとってくると言った。

サンドラ　それがどうしたの？

デイヴィッド　拾ってなんかいないのさ。そのまま、下に落ちているよ。

サンドラ　どういうことかわからないわ。

デイヴィッド　ジョンは刺し殺されているんだ――あのナイフでね。（デイヴィッドは彼女のそばに寄る）わからないかい？　仕掛けがだんだんはっきりしてきたよ。

サンドラ　（荒々しく）私にはわからないわよ。（床に座りこむとぐったり丸椅子の上手側によりかかる）なにもかも私にはわからないのよ。まるで悪い夢を見ているみたい。

デイヴィッド　（丸椅子の下手の奥で）この事件のうしろにいるのはただひとり。アレックだ。彼は、われわれがここで落ち合うように仕掛けておいて、ジョンにあの箱は穴があけてあるから、なかに隠れて見届ければいいと知恵をつけたんだ。（中央の椅子の奥へ）それからジョンを刺し殺して蓋をした。外へ出て、ぼくたちが着いたのを見てもどってきた。（中央の椅子の下手へ）彼はぼくたちがあのナイフに関心を持つように仕向けた。あいつがずっと手袋をしてたのを覚えているだろ。あいつはぼくの手にナイフをとらせるように仕向け、ぼくはそうした。それからきみにもそうした。わかったかい？　ぼくたちの指紋があのナイフについている——そして、憎らしいが、今となってはそれをどうしようもない。それからあいつは外へ出てドアの鍵をかけて、死体と一緒にわれわれを閉じこめる。最も彼を殺す動機のある二人が死体と一緒にいるというわけさ。

サンドラ　でも、それは、正気のさたじゃないわ——狂ってる……

デイヴィッド　ナイフにはきみの指紋とぼくの指紋。他のだれのでもない。くやしいがわれわれにできることと言えば、警察がくるのを待つことだけさ。
サンドラ　警察？　（立ち上がる）なぜ、警察がやってくるの？
デイヴィッド　（丸椅子の奥へ行きながら）筋道を立てて考えてみるとそうなるんじゃないか——アレックの計画の次の場面をさ。
サンドラ　（ソファの前へ動きながら上手を見て）アレックは頭がおかしいのよ——狂人よ。なぜあの人は私たちをそんな目にあわせなければならないの？
デイヴィッド　彼はきみの最初の夫のバリーに心服していたと言ったね。これがアレック流の献身だってことだよ。
サンドラ　そうかしら？　それでどうしてジョンが巻きぞえになるの？
デイヴィッド　（サンドラの下手へ）きみはバリーを崖から突き落としたんだろう？
サンドラ　もちろんそんなことしないわ。さっきも言ったじゃないの……
デイヴィッド　（サンドラの顔を自分の顔のほうに向けると、一緒にソファに座らせる）よく聞くんだよ、サンドラ。きみが、本当に突き落としていようといまいと、ぼくは気にしないよ。ただ、アレックの動機をみつけるためにはあの事件をはっきりさせなきゃいけないんだ。いいかい、あの頃きみはジョンに恋していた。いや、きみにとっては本気じゃなかったかもしれないが、ジョンは隠しだてのできない単純な男だ。バリーは金持ちで、ジョンは貧乏。離婚はきみには都合の悪いことだったんだ。きみたち、つまり、きみとバリーが、偶然、崖の上に一緒にいたとき、地すべりが起こった。そこできみは千載一遇のチャンスとばかりバリーを突き落とした。（彼女の肩をゆすりながら）そうだろ、やったのはきみだろ。

サンドラはされるままになって黙っているが、ついにこっくりとうなずく。

（彼女を離して）そして、アレックがそれを知ったんだ。

サンドラ　彼が知っているはずはないわ。

デイヴィッド　アレックはあんたたちの人柄を知っていたのさ。（立ち上がり、椅子の奥へ行く）疑惑を持っただけじゃない——確信を持ったってわけさ。時が熟すのを待っていたんだ。きみがジョンと結婚する、そして彼に飽きる、ぼくとの情事をはじめる。それこそアレックが待っていた時だったんだよ。ジョンときみとぼくと、三人一緒にかねて狙いをつけたとおりに罰を与える時がきたんだよ。（サンドラのほうを向いて）狂気のさた——まさに彼は狂人だ。残された問題は、追いつめられ

サンドラ　(立ち上がりテーブルの前を通って下手のドアへ行きながら)　とにかく、ここから出なきゃ。

デイヴィッド　もちろん、そうさ。だが、どう、や、つ、て？

サンドラ　ドアを叩けるわ。大声をあげられるわ。

デイヴィッド　(椅子のあいだを歩きまわりながら)　そうしたら、いったいどうなると思うんだい？　だれかが聞きつけて助けてはくれるだろうが、でも、あの死体も見つけられる。そのあとのなりゆきは決まっている。殺人罪に問われても弁解のしようもないよ。なにしろきみはジェニファーにジョンとここで会う、は、ず、だとまで言ってるんだからな。

サンドラ　(下手の椅子の前へ)　でも私たちがアレックもここにいたと言えば——説明できるわ……

デイヴィッド　(ソファのほうへ)　ばかだな！　アレックは全部否認するさ。あいつは、ここにいる間ずっと手袋をしていた。こんなところ、近づきもしなかったと言うだろうさ。たぶん、もうどこかにちょっとしたアリバイをこさえてるよ。

サンドラ　アレックがここにくるのをだれかが見てるかもしれないわよ……

デイヴィッド　盛り場の真ん中じゃあるまいし。そんなことがあるものか。(台所のドアのほうへ行く) どこかに出口が——どこかにあるはずだ。

デイヴィッド、下手へ退場。サンドラ、椅子のあいだを通って舞台の奥へ、衣裳箱のすぐ近くに。思わず上手に身をひく。

デイヴィッド入ってくる。

くそっ。四角な箱を二つピッタリとくっつけたような部屋だな!

デイヴィッド、バルコニーへ出る。サンドラまた舞台の奥へ行き、バルコニーを見る。デイヴィッドもどってくる。

サンドラ　非常階段はなかった?

デイヴィッド　廊下の階段についているようだ。ここからは手がかりになるようなものは何もないよ。(下手のドアへ) なにかいい方法があるはずなんだがな——なにか。

サンドラ　電話よ! だれかに電話をかけるのよ。そして事情を話せば……

デイヴィッド　（テーブルの前を通って食器棚のほうへ）そうだ、そうだ！　なぜいまで気がつかなかったんだろう？　（立ち止まる）でも、だれに電話をかけるんだ？　なんと言えばいい？　（ソファに腰を下ろす）

サンドラも下手の肘かけ椅子に腰をおろす。お互いに顔を見あわせるが、ややあって視線をそらす。

電話が鳴る。二人受話器を見つめる。

サンドラ　（短い間のあと）出てよ！　お願いだから出て。これ以上は悪くはなりっこないわ。

デイヴィッド　そうだ。確かにそのとおりだな。（立ち上がって電話の方へ、受話器をとると耳をすます。ちょっと作り声で）もしもし？　（手で送話口を押さえるとサンドラに）アレックだ。

サンドラ　（立ち上がって）アレック？

デイヴィッド、受話器を持って聞いている。声が洩れるが何を言っているかはよくわからない。終わって受話器をかける。
サンドラ　なんなの？　（ソファのほうへ行く）なんと言ったの？
デイヴィッド　罠にかかったねずみだとさ——ねずみはねずみらしくとぬかしたぜ。三、四分もすれば警察がくるそうだ。
サンドラ　（弱々しい叫び声をあげる）警察！（バルコニーに向かって舞台の奥へ）警察ですって！　いやよ、いやよ。どこかに逃げるところがあるはずだわ。
デイヴィッド　（中央の椅子のあいだの奥へ）一つだけ逃げる方法がある。窓を破ってまっさかさまに落ちる。
サンドラ　自殺しろって言うの？　ばかね。ちゃんと話せばわかってもらえるわ——説明すれば……
デイヴィッド　殺人罪で逮捕されるよ。有罪はまちがいなしだ。
サンドラ　いやよ！　（彼女はドアと明かり取りを見る）どこかに逃げ道があるにちがいないわ——きっとよ。（テーブルのそばに行き、上に載っているものを片づけるとドアのところへ持っていき、その上に乗り、明かり取りから片方の手を出す）
デイヴィッド　どうするつもりなんだい？　おばかさん。爪で引っかいて出口を作ろうっていうのかい！　爪で引っかいてさ！
サンドラ　（テーブルから降りるとソファの前へ行き、デイヴィッドを正面から見つめる）私はやっていないわ。ジョンを殺してはいないわ。みんな、あんたのせいよ。なぜ、あんたのようなひとに会ったのかしら？　なぜ、私をほっといてくれなかったの？
デイヴィッド　（サンドラの下手から上手へとまわりながら）いまさらなんて言い草だい。ひっぱりこんだのはきみのほうだぜ。
サンドラ　あんたの顔なんか見たくもないわ。もうあんたはたくさんだわ。自分のことしか考えたことがないのね。冷たくて、思いやりがなくて残酷で自己本位。
デイヴィッド、サンドラをソファに押さえつけると首を絞めようとする。下手のドアにノック。
声　開けろ。警察だ！
デイヴィッド、ぎくっとして立ち上がる。

デイヴィッド　勝手に開けるがいいさ。

サンドラ立ち上がると、椅子のあいだに逃げる。

最初の事件のときはうまく逃げおおせたんだろ？　だが、今度はうまくいきそうもないぜ。

ノックの音、くりかえされる。

声　こい、開けるんだ！

サンドラ　（デイヴィッドのほうをふりむいて顔を見つめる）あなたが憎い。

デイヴィッド　（椅子の前をまわり、椅子の奥を通って下手の奥のドアのほうへ）たぶん刑務所の独房で十五年はすごすことになる。いまさらどうしてくれっていうんだい？

サンドラ上手の肘かけ椅子にくずおれる。

独房で十五年だぜ。

ノックの音、くりかえされる。

声　ドアをこわすぞ。

デイヴィッド（ソファのほうへ後退しその前へ）警察がおれをつかまえにくるわけはないじゃないか？　つかまるのはきみだ。おれじゃない。きみがバリーを殺した、おれじゃない。（食器棚のそばに立って下手のドアを見つめる）なんでこんなことに巻きこまれなきゃならないんだ？

ドアをこわす音——重々しく、確実に、一定の調子ではじまる。サンドラ、ヒステリックに笑い出すが、ドアをこわす音の意味に気づくと笑いやむ。

サンドラ　罠にかかったねずみ、そうよ、私たち。罠にかかったねずみ。

溶暗。

そして——

——幕——

クリスティーの脳

作家
柳原 慧

右か左か。

思想のことではない。脳のタイプのことだ。

私は自分を右脳型と思っている。とにかく計算が苦手だ。友人と飲み屋に行っても、お勘定の時にはぼんやりしている。いくら払えと言われると、釣りはいらないよと気っぷのいいところを見せるが(百円や二百円)、つまりは細かい計算ができないのだ。なにせ左の論理脳がやられてるからな。そう言うとみなが納得する。困ったものである。

クリスティーに挑み続けて三十数年、犯人当てゲームに負け続けているのも、そのせいではないかと思う。戦績は〇勝全敗。これではいけないと、何か策を練ろうと思うのだが、なにせ論理脳が働かないのでどうにもならない。

『海浜の午後』においても、その特質はいかんなく発揮された。戯曲ということもあってか、本作はかなりテイストが軽い。登場人物もどこかで見たことのあるようなキャラクターばかりで、正直、今回こそ犯人は獲ったと思った。『オリエント急行の殺人』や『アクロイド殺し』ばりのトリックが仕掛けられてるわけもなし。そう鷹揚に構えていたら、まんまとステレオタイプのキャラクターに引っ掛かってしまった。

クリスティーはキャスティングの中にすら罠を張り巡らせている。大ネタにも騙されるし、小ネタにも引っ掛かる。私はミステリには向いていない。つくづくそう思った。

本作では、主役脇役、男女合わせて十二人の登場人物が出てくる。それぞれの役割分担がきっちり為されていて、ステレオタイプとはいえ描き分けは実にみごとだ。ああ、この人って、あの作品に出てきてたよねという感じ。たとえば〝美女〟は、『七つの時計』に登場する謎のハンガリー人、ラッキー伯爵夫人にそっくりだと思うのだが、いかがだろうか？

ただ犯人を探すだけでなく、演じるのに誰がいちばんふさわしいか、その配役を作中のキャラクターからあれこれ選び出してみるのも、また一興だろう。

ところで、ふつうミステリはどちらの脳を駆使して書くのか。パズル的な謎解きやプロットの整合性など、論理脳がお留守では話にならない。ということはやはり左脳か？

クリスティーの文章は平易で読みやすいとよく言われる。それでいながら犯人がわかりにくいとは最高だ。彼女の脳はどちらの型なのだろう？　論理的な部分は左脳で書いているとしても、なんとなく右脳優位のような気もする。登場人物も自由気まま縦横無尽に動き回っているし、何より文章が硬直化していない。

言語を司るウェルニッケ野やブロカ野など、主要な言語野は左脳にある。ならば左脳優位型の方が文章が上手なように思えるが、どうも最近そうではないような気がしている。

いわゆる学者や教授と呼ばれる人の書いた文章は、総じてわかりにくい。それは彼らの脳が左に偏りすぎているからではないのか（また強引な……）。説明がまわりくどかったり表現がのっぺりしてたりして、途中でわけがわからなくなってしまうのだ。いっそ絵に描いてくれないかと思う。そう。それこそがわかりやすさの原点である。

ここにひとつのシーンがあるとする。銀杏の葉が色づきはじめた秋の夕暮れ、中年の小男が公園内の遊歩道をずんずん歩いてくる。彼は白いワイシャツに赤と黄のまだらのネクタイを締めているが、ズボンは履いていない。べそをかきながら小男に手を引かれている子供は、坊ちゃん刈りで七五三の羽織袴を身につけ、千歳飴を握り締めているが、顔はどこから見ても女の子だ——。

このように、シーンを文章にして説明するとかなり時間がかかるが、目で見れば一瞬にして理解できる。左脳は言語・計算・論理を、右脳は視覚・聴覚・直感を司る。情報伝達の処理スピードに関しては、右脳は左脳の何万倍も早いのである。

さらに言えば、女性の方が右脳と左脳を繋ぐ脳梁が太い。論理的でアイデアに溢れ、かつビジュアル喚起力にも優れているクリスティーの脳は、太い脳梁を介して右と左との間で情報が激しく行き来しているのではないか。

ちなみにクリスティーの作品の中で私がいちばん好きなのは『ホロー荘の殺人』だ。謎解きも良いけれど、この作品のもつ叙情性に強く惹かれる。秋の陽射しに黄金色に輝くイギリスの田園風景。妖精のように捉えどころのない老女ルーシーや、うなだれた太い首筋に、盲目的服従を刻み込んだガーダ。とくに女性彫刻家ヘンリエッタの造形が素晴らしい。芸術家らしからぬ人当たりの良さと、作品に向きあうときのストイックな厳しさ、目的のためなら手段を選ばない冷徹さなど、さまざまなファクターを併せ持つ女性ヘンリエッタは、極めて魅力的な存在だ。

この作品はミステリという範疇に留まらない。エルキュール・ポアロが登場していたことすら忘れていた(笑)。もちろん謎解きやどんでん返しもあり、充分本格の体裁を整えていながら、登場人物の心の機微も鋭く描く。極めて右脳的でありながら左脳的でもある。それぞれの利点を抽出した、まさにクリスティーならではの上質なミステリである。

右か左か。

灰色の脳細胞がご自慢の、我がエルキュール・ポアロはどちらだろう?

クリスティー亡き今、それは永遠の謎として、置いておくのが良いのかもしれない。

Agatha Christie

海浜《かいひん》の午後《ごご》

〈クリスティー文庫70〉

二〇〇四年九月 十 日　印刷
二〇〇四年九月十五日　発行
（定価はカバーに表示してあります）

著　者　アガサ・クリスティー
訳　者　深《ふか》町《まち》眞《ま》理《り》子《こ》
　　　　麻《あさ》田《だ》実《みのる》
発行者　早川　浩
発行所　株式会社　早川書房
郵便番号一〇一‐〇〇四六
東京都千代田区神田多町二ノ二
電話　〇三‐三二五二‐三一一一（大代表）
振替　〇〇一六〇‐三‐四七七九九
http://www.hayakawa-online.co.jp
乱丁・落丁本は小社制作部宛お送り下さい。
送料小社負担にてお取りかえいたします。

印刷・株式会社亨有堂印刷所　製本・株式会社明光社
Printed and bound in Japan
ISBN4-15-130070-8 C0197

「会社で結果を出す」人の成功法則
新　将命
何を今日からやるか。何を今日からやめるか。「自分しかできないこと」を育てる人が必ず実践している仕事術、勉強術！

「できる人」の話し方
梶原しげる
テレビのスーパーアナウンサーがズバリ明かす、相手の心をたちまちとらえる意外なテクニック。効果は「今日」出ます。

なぜかやる気が出ない人へ
斎藤茂太
ついダラダラ、いらいら、モタモタして自分を責めるのをやめよう。茂太流人生チェックで心は常に前向きになるのです。

「前向き力」が身につく本
齊藤　勇
無理しない。我慢しない。背のびしない。その方がうまくいくから。うまくいくと信じることで成功する「楽観」のすすめ。

30秒「脳内」トレーニング
西村克己
記憶、集中、やる気…は脳内物質が決める。100の努力より10の神経刺激をせよ。記憶物質が満ちる。シナプスが増強する。

弁護士の仕事術・論理術
矢部正秋
大量の仕事を正確に、速く、勝つために。最強の仕事術は弁護士にあった！文章術から交渉術までプロはこう自己育成する。

成美文庫

「すぐやる人」になれる本

著　者　吉田《よしだ》たかよし
発行者　深見悦司
発行所　成美堂出版
〒162-8445　東京都新宿区新小川町1-7
電話(03)5206-8151　FAX(03)5206-8159
印刷所　大盛印刷株式会社

ISBN4-415-07747-1